L'ELFE AU DRAGON

2 • LE JUGEMENT DES DRAGONS •

À Nathalie, ma dame elfe.

Retrouvez *L'Elfe au dragon* sur http://elfeaudragon.canalblog.com

Illustrations : Laurent Miny
Graphisme : Lorette Mayon

ISBN : 978-2-02-098817-9
N° : 098817-1

Loi n° 49-956 du 16 juillet 1949 sur les publications destinées à la jeunesse

• ARTHUR TÉNOR •

L'ELFE AU DRAGON

2 • LE JUGEMENT DES DRAGONS •

Seuil jeunesse

EN CE TEMPS-LÀ, régnait une drôle de paix sur les immensités de l'empire d'Isuldain.

Les peuples, aussi nombreux que différents, étaient parvenus à délimiter leur territoire et à s'y fixer sans trop lorgner sur celui des voisins. Les grandes invasions des hordes nordiques avaient été contenues et même repoussées au-delà du Cercle de glace. Quant aux attaques venues des Terres Obscures, elles avaient cessé après la mort du seigneur Kor et les terribles batailles qui avaient décimé ses orques et autres monstres malfaisants.

Chacun savait que cet édifice complexe de fiefs, nations et territoires, ne tenait que grâce à la solidité d'un seul pilier, l'empereur Isuldain. Dans son infinie sagesse, le souverain avait su imposer un règne de justice et de respect des équilibres. Jamais il ne se mêlait des affaires intimes des peuples, et n'intervenait avec ses armées que si un conflit menaçait la fragile stabilité qui régnait sur ses terres depuis la fin des guerres.

Parmi les communautés sur lesquelles l'empereur pouvait compter, il y avait les elfes. Certes pas tous, car certains étaient si sauvages qu'il était impossible d'entretenir avec eux des relations politiques et diplomatiques, encore moins commerciales. Ceux qui contribuaient le mieux à la préservation de la paix étaient le peuple d'Eldrin, de la forêt d'Ambre, les grands elfes des Songes qui occupaient les forêts les plus méridionales de l'Empire, et les Sentinelles d'Oriadith.

Ces derniers étaient établis depuis la nuit des temps sur le versant ouest de hautes montagnes rocheuses qu'on appelait les Crocs d'Oriadith. Outre leur fabuleuse habileté de grimpeurs et leur vue perçante, ils se distinguaient par leur alliance avec les aigles.

C'est à cette communauté qu'appartenait le jeune Kendhil. Comme ses semblables, il avait une magnifique chevelure brune et les oreilles légèrement pointues. Il était aussi agile qu'eux et sensible aux moindres frémissements de la nature. Comme eux encore, il savait anticiper les mouvements des animaux, capter leurs vibrations et même communiquer avec les plus évolués. Pourtant, il leur était différent… au point d'être davantage accepté que membre de leur communauté.

L'explication tenait au mystère de son origine, car chez les Sentinelles, chaque individu appartenait à une lignée parfois si ancienne qu'on pouvait en avoir le vertige. Or, Kendhil n'avait ni père ni mère ni frère ni sœur connus. Il était là et on se demandait bien pourquoi. Seul le vénérable Endh, de la lignée Findhit, aurait pu lever le voile sur cette énigme, mais au seuil de son seizième âge[1], il avait quitté ce monde sans rien révéler de ce qu'il savait. Kendhil, alors au premier âge de l'elfance[2], fut recueilli par Endhis, fils de Endh. Celui-ci accepta, plus qu'il ne l'adopta, ce poupon « hors lignée ».

Les origines obscures de Kendhil expliquaient assurément certaines tendances que nul autre Sentinelle n'avait jamais manifestées. Par exemple, il portait un grand intérêt aux humains qu'il se plaisait à observer, non point pour les surveiller, mais pour les comprendre. Les particularités de lignage et de caractère de cet elfon n'auraient cependant pas suffi à le rendre si différent aux yeux de ses semblables. Il y avait donc autre chose, un élément qui l'avait définitivement marginalisé. Les Sentinelles d'Oriadith n'avaient jamais fait alliance avec d'autres créatures que les aigles. Kendhil, lui, avait choisi... un dragon ! Certes, il ne l'avait pas fait exprès, mais c'était pousser un peu loin la singularité.

Avec un tel profil, il n'était pas étonnant que Kendhil, à peine entré dans le sixième âge elfique, fût destiné à vivre une existence hors norme...

---

1. Les elfes Sentinelles ne comptent pas le vieillissement en fonction des années passées. Ils distinguent des « âges », correspondant à différentes périodes de leur existence. Ainsi, quand les humains disent « bébé », les elfes parlent de premier et de deuxième âge. Le sixième âge correspond à l'adolescence, entre 15 et 17 ans, le seizième à la grande vieillesse. À l'échelle terrestre, un elfe Sentinelle peut vivre plus d'un siècle et demi.

2. En langue elfique, l'elfon désigne un garçon, l'elfide une fille et l'elfant un enfant.

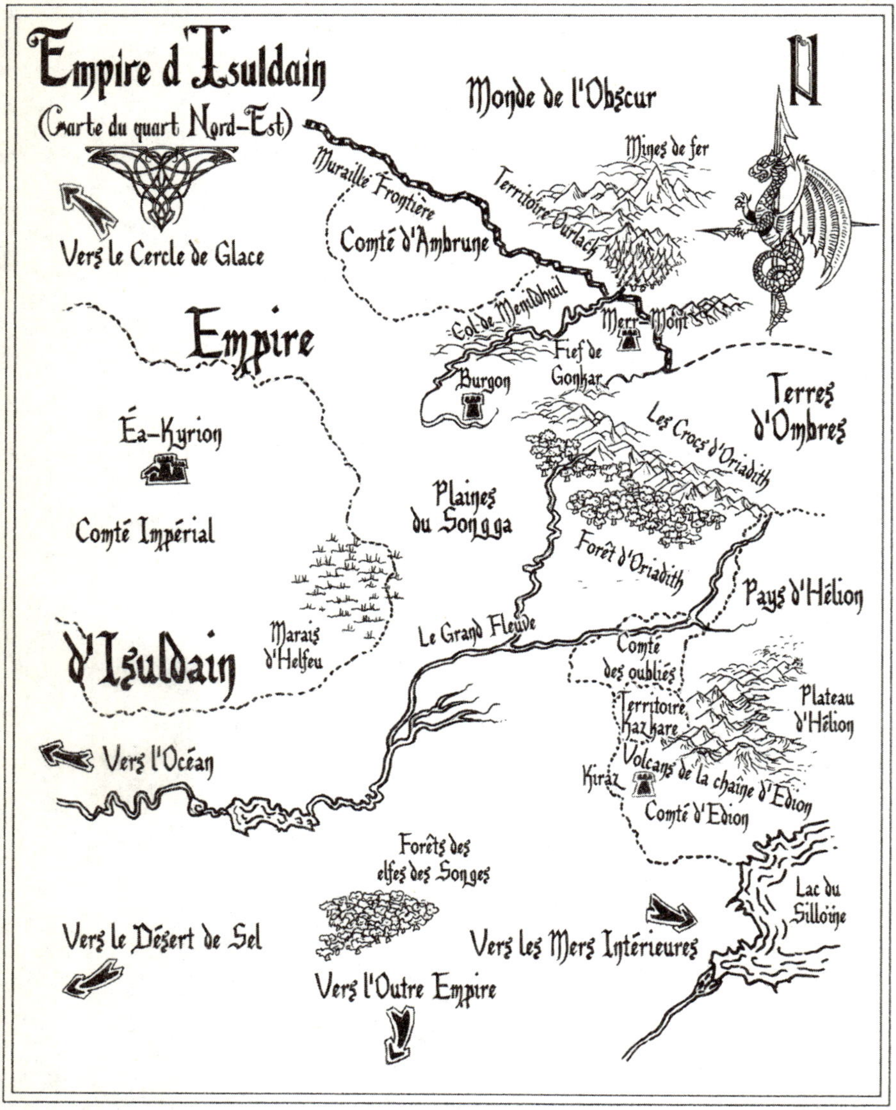
Empire d'Isuldain
(Carte du quart Nord-Est)
N
Monde de l'Obscur
Mines de fer
Territoire Ourlack
Muraille Frontière
Comté d'Ambrune
Vers le Cercle de Glace
Col de Menildhuil
Merr-Mont
Fief de Gonkar
Burgon
Empire
Terres d'Ombres
Les Crocs d'Oriadith
Éa-Kyrion
Plaines du Songga
Comté Impérial
Forêt d'Oriadith
Pays d'Hélion
Le Grand Fleuve
Marais d'Helfeu
d'Isuldain
Comté des oubliés
Territoire Kazkare
Plateau d'Hélion
Vers l'Océan
Volcans de la chaîne d'Edion
Kiraz
Comté d'Edion
Forêts des elfes des Songes
Lac du Silloïne
Vers le Désert de Sel
Vers les Mers Intérieures
Vers l'Outre Empire

• 1 •
LE BESOIN DE SAVOIR

Orso s'était laissé porter très haut dans le ciel, si haut qu'il pouvait embrasser d'un seul regard la puissante chaîne montagneuse des Crocs d'Oriadith. Mais seul l'intéressait, à cette minute, ce point minuscule qui venait de quitter le couvert des arbres et traversait une vaste clairière herbeuse. Les frondaisons de la forêt d'Oriadith, qui tapissait les contreforts des montagnes du même nom, apparaissaient à cette altitude comme un tapis uniforme et moutonnant. Le point s'immobilisa, puis émit un bref cri que l'aigle identifia sans l'ombre d'un doute. Ce fut comme un signal ou un appel ; il s'inclina vers la droite, vira en une large courbe descendante, accélérant progressivement sa vitesse. Puis, tout à coup, il replia ses immenses ailes brunes et piqua vers le sol. L'air se mit à siffler à son passage et la moindre turbulence provoquait des claquements. Le regard jaune d'Orso fixait la cible, comme une proie à laquelle il ne laisserait aucune chance. Il réduisit encore la voilure de quelques centimètres. Sa vitesse atteignit sa pointe maximale. La créature bipède, plantée au milieu du pré, leva les yeux et son esprit s'ancra dans celui du rapace. Encore cinq secondes, et ce dernier s'abattrait sur elle, telle une bombe volcanique sur quelque promeneur malchanceux. D'un coup, l'oiseau déploya les ailes et ouvrit les serres. Il poussa un cri strident qui résonna au-dessus de la forêt, jusqu'à se répercuter sur les parois rocheuses en altitude. La jeune elfe l'observait, admirative et tranquille. L'aigle acheva sa chute en une courbe rasante qui l'amena à frôler la longue chevelure brune de son amie, puis il reprit un peu de hauteur. Il vira et revint se poser avec une surprenante douceur sur un roc saillant au milieu du pré. Pour finir, il replia soigneusement ses ailes, redressa la tête et se figea en une posture majestueuse.

« Bravo, Orso ! Magnifique ! »

La jeune elfe le rejoignit en quelques bonds de chevreuil. Elle s'immobilisa devant lui et, tout en caressant délicatement son crâne du bout de l'index, continua de le féliciter, mais par d'autres mots que ceux que l'ouïe peut capter. Le langage de l'esprit n'était possible pour un Sentinelle d'Oriadith qu'avec son aigle alter ego. De même, chacun pouvait voir avec les yeux de l'autre, sans souci des distances puisqu'ils ne formaient alors qu'un seul esprit. Errindha s'amusait parfois à se regarder à travers ceux d'Orso, ce qui était le cas en cet instant. C'était une pratique peu usuelle chez les Sentinelles, car ils ignoraient le narcissisme et goûtaient peu à la coquetterie, sauf peut-être une elfide, quand elle était amoureuse.

« Amoureuse ? s'interrogea-t-elle à voix haute, comme si son aigle venait de la taquiner à ce sujet. Je me demande bien de qui ! (Orso tourna la tête pour l'observer de son œil droit.) De Kendhil ? Mais... pas du tout ! »

À cet instant, l'ouïe fine de la jeune elfe capta un son étrange, comme un puissant grondement de colère poussé. Errindha scruta en direction des montagnes, que les frondaisons lui dissimulaient cependant presque entièrement. Ses pupilles, cernées de fascinants iris vert sapin, se dilatèrent légèrement, signe d'émotion.

« Tu as entendu ? On aurait dit Karlo. »

Elle se retourna vers son aigle et en pensée le sollicita : *Tu veux bien aller voir ce qui se passe ?*

L'oiseau acquiesça d'un bref cri, déploya ses immenses ailes, décolla, puis disparut rapidement au-dessus des arbres. La jeune elfe s'adossa au roc d'où il s'était envolé puis, bras croisés se concentra pour ne rien perdre de cette chasse aux renseignements. Ses fins sourcils noirs légèrement froncés, le regard fixe, elle resta un moment figée dans une apparente contemplation. Soudain, elle écarquilla les yeux. Orso approchait d'une terrasse rocheuse située à basse altitude, où la communauté des Sentinelles aimait à se réunir pour des fêtes ou autres cérémonies. La configuration naturelle du site, avec sa cascade de degrés de pierre grise, s'étalant au pied d'une paroi abrupte, permettait de l'utiliser comme un théâtre à ciel ouvert, bénéficiant en toile de fond d'un formidable panorama sur la plaine du Songga. Ce lieu servait également à diverses activités liées à l'alliance des aigles et des elfes d'Oriadith, des jeux d'adresse par exemple ou, pour les plus jeunes, des séances d'apprentissage. Ce jour-là, le couple qui occupait le Parvis des aigles n'était certainement pas en train de s'aguerrir, encore moins de jouer.

Errindha ordonna par la pensée à Orso d'approcher encore plus près, non pas pour mieux voir (l'acuité visuelle d'un aigle d'Oriadith vaut dix fois celle de n'importe quel elfe), mais pour entendre la conversation animée que Kendhil entretenait avec Karlo. Ce dernier était l'équivalent d'un alter ego d'elfe Sentinelle, mais ce n'était pas un rapace. Nulle plume ne recouvrait son corps, mille fois plus gigantesque que celui d'un aigle d'Oriadith, mais des écailles rouge feu sur le ventre, carmin sombre sur le dos et la queue. Karlo était un dragon d'Hélion, l'un de ces monstres ailés au sujet desquels couraient les plus folles légendes. Les deux compagnons s'entendaient à merveille, depuis toujours disait-on, depuis leur naissance dont nul ne savait rien. Alors, comment expliquer les éclats de voix de l'elfon, ce matin-là ? Et ses gestes vifs, auxquels faisaient écho les grondements sourds de son dragon qui, par instants, submergé de colère, frappait le sol d'une de ses monstrueuses pattes postérieures ?

Il y eut un court silence, puis Kendhil relança la discussion, d'une voix vibrante de dépit :

« Je ne t'ai jamais rien demandé, Karlo ! Vraiment, tu me déçois. »

Ces pommettes empourprées et ce souffle court étaient des manifestations d'émotion très inhabituelles pour un elfe, pensa Errindha. Car un Sentinelle en colère se mure dans le silence...

« Jamais rien demandé ! relança Karlo. Tu ne manques pas de toupet, l'oisillon ! Pas plus tard que ce matin, Monseigneur a réclamé une virée au-dessus des nuages...

– J'avais besoin de boire de tout mon soûl l'air frais de l'azur, grommela Kendhil.

– Et hier, Sa Majesté, a réclamé une chute libre ébouriffante...

– Il fallait que je noie mes idées noires dans le vent... Oh, écoute, Karlo, ça suffit ! Je te le demande une dernière fois, m'emmèneras-tu, oui ou non ? »

Karlo se tut. Il changea alors d'attitude, comme si un souvenir tragique ou une crainte l'avait rendu soudainement grave. Il se coucha en sphinx et, de ses yeux d'or, fixa un moment son ami. Une étrange tristesse apparut dans les yeux de cette créature qui, pour la plupart des peuples et tribus de l'empire d'Isuldain, n'était qu'une bête sans âme ni autre intelligence que celle d'un impitoyable prédateur.

« Pourquoi savoir ? demanda-t-il enfin, avec douceur. Cette vérité, que sans doute tu ne trouveras jamais, a-t-elle une quelconque importance ? T'aidera-t-elle à vivre mieux ? »

Kendhil s'approcha et posa une main sur le museau aux narines proéminentes du dragon. Sa longue chevelure de jais dissimulait son visage fin et volontaire, mais Errindha devina le désarroi qui s'y exprimait.

« Savoir pourquoi j'ai tant besoin de savoir, fait justement partie de mon énigme, répondit-il.

– Aucun Sentinelle n'est tourmenté par le passé, rétorqua Karlo.

– Parce que tous appartiennent à une lignée. Pas moi ! Elyndhin pourrait te citer ses ascendants jusqu'à la centième génération. Fliby, dont on connaît l'insouciance, est pourtant incollable sur les siens ! Crois-moi, Karlo, je ne sais pas expliquer pourquoi cela me préoccupe, mais c'est ainsi. Alors, si tu refuses de m'emmener sur le plateau d'Hélion, eh bien... oui, c'est décidé, j'irai seul ! »

Karlo releva vivement la tête. Il se dressa de toute sa hauteur, écartant ses pattes antérieures aux serres fermées comme des poings, puis il ouvrit ses ailes, dont la teinte brun-rouge avait viré au carmin. Errindha eut un haut-le-corps de frayeur. Le monstre poussa un rugissement assourdissant, puis s'envola, provoquant la fuite d'Orso. L'elfide fut instantanément gagnée par cette bouffée de panique et déguerpit à son tour.

• 2 •

PEU DE CHOSE QUI VAUT BEAUCOUP

Kendhil regagna la forêt l'humeur bien sombre, partagé entre la culpabilité envers son alter ego et la colère, contre lui-même, de se laisser dominer par ce besoin de découvrir le mystère de sa naissance. Il se serait bien passé d'une telle obsession beaucoup moins elfique qu'humaine, mais que faire sinon lui tordre le cou en allant jusqu'au bout de cette quête ? Il allait donc partir, mais bien sûr pas avant d'en avoir informé Guenth l'Ancien qui se chargerait ensuite d'annoncer cette expédition solitaire aux autres Sentinelles. Sans doute ne comprendrait-on rien aux motivations d'un projet aussi bizarre, mais personne ne chercherait à l'en dissuader. Le respect de l'individu, passé l'âge de la maturité, était pour les elfes aussi naturel que celui de la vie sous toutes ses formes. Kendhil se demanda tout de même comment réagirait Errindha. Certes, elle n'était pas du tout amoureuse de lui, pas plus que lui d'elle, mais sûrement lui donnerait-elle un conseil, par exemple, de ne pas partir...

« Kendhil ? »

L'elfon fit volte-face. L'elfide aux yeux verts se tenait là, à moins de trois pas, et il n'avait pas senti sa présence !

« Errindha, c'est toi ? Je... Je ne t'ai pas entendue », bredouilla-t-il, troublé.

La jeune Sentinelle mima la perplexité.

« Voyons, ce matin encore j'étais moi-même, c'est certain. Mais je me demande si je ne me suis pas depuis changée en arbre, car tu es passé devant moi comme si j'en avais été un. Ce n'est pas très flatteur. »

Kendhil retrouva son air soucieux, puis lâcha en reprenant son chemin :

« Pardon. Je dois partir. Bonjour à Orso.

– Partir ? Pour où ? »

L'elfon ne répondit pas, ne se retourna pas et pensa : *Si seulement je le savais...*

Il marcha ainsi d'un pas ferme et décidé jusqu'à l'arbre-maison du Vénérable Guenth. Il le trouva, confortablement installé dans un fauteuil de joncs tressés, sur la courte terrasse de planches depuis laquelle il pouvait contempler le ciel à travers les frondaisons.

« Vénérable ? Je peux... ? » demanda l'elfon à voix basse, en accédant à la plate-forme.

Les yeux fermés, Guenth paraissait dormir. Mais Kendhil savait qu'il n'en était rien. Sans doute l'Ancien était-il en train de « humer son humeur », selon sa propre expression. Le jeune elfe attendit avec respect qu'il se décide à lui répondre, ce qui ne tarda pas.

« Laisse-moi deviner... Tu t'es disputé avec ton alter ego.

– Disons que nous ne partageons pas le même avis sur un certain sujet.

– Et c'est pour me parler de ce "certain sujet" que tu souhaites me voir ?

– Pas exactement. Je suis venu vous annoncer que... que je...

– Que tu... ? Allons, ne te fatigue pas, j'ai compris. »

Le Vénérable redressa le buste. Puis, offrant à son visiteur un visage souriant, un visage sans la moindre ride et pourtant marqué par la sagesse d'une longue vie d'expérience et de méditation, il enchaîna :

« Tu envisages d'aller retrouver cette jeune humaine que tu as tirée des griffes de l'Obscur.

– Clivi ? Mais non, absolument pas ! (Le Vénérable tiqua.) J'ai demandé à Karlo de m'emmener sur le plateau d'Hélion... (Guenth sursauta.) et comme il a refusé, j'ai décidé d'y aller seul. »

L'Ancien ouvrit grand les yeux d'effarement.

« Sais-tu bien ce que cela représente de difficultés et de périls ?

– Non et, à la vérité, je ne tiens pas à le savoir.

– Admettons, se renfrogna l'Ancien. Qu'espères-tu donc découvrir là-bas ? Et d'abord, pourquoi le plateau d'Hélion ? »

Kendhil avança jusqu'à la rambarde de branches entrelacées qui cernait la terrasse. Découragé par avance, il laissa son regard s'envoler par une trouée dans le feuillage de l'arbre-maison.

« Juste avant que je ne quitte le palais de l'empereur, répondit-il, Élissande Ona[1] a évoqué cet endroit. Peut-être simplement à cause de Karlo ou parce qu'elle l'a lu dans mon destin, je l'ignore. C'est en tout cas le seul début de piste que je possède.

– Hum, autant dire que tu ne sais rien. »

Kendhil se retourna vivement, il dévisagea l'Ancien et trouva dans ses yeux bleu nuit la confirmation de ce qu'il avait perçu dans sa voix : de l'embarras.

« Et vous ? »

Guenth détourna le regard et tenta en vain de ne rien laisser paraître sur son visage sans ride, dont le teint avait gardé la clarté de la jeunesse. Il était piégé, puisqu'un elfe ne ment jamais.

« Peu de chose en vérité, finit-il par lâcher. Le vénérable Endh qui t'a recueilli n'a pas été très bavard à ton sujet.

1. Voir *Les Maraudeurs d'Isuldain*, dans la même collection.

– Peu, c'est beaucoup pour moi. Que savez-vous, Guenth ? Dites-le-moi...

– Pourquoi le ferais-je ?

– Parce que ce peu de chose m'appartient ! »

Le Vénérable en resta coi. L'argument était imparable, car aucun être de conscience ne saurait être privé d'informations le concernant.

« Très bien. Après tout, tu es un elfon dans l'âge de la maturité. Endh se présenta un beau matin avec un poupon dans les bras, lequel serrait contre lui une bestiole toute rouge affublée d'une paire d'ailes fripées et d'une dentition dont il fallait déjà se méfier. La communauté interrogea notre frère, mais tout ce qu'il voulut bien révéler sur ces deux innocentes créatures, fut qu'il avait juré de ne pas les séparer et de les élever comme n'importe quel membre de sa lignée.

– Comment nous avait-il trouvés ?

– Comment, je l'ignore. Toutefois, un jour, il m'a appris que c'est un frère Magicien qui lui avait confié ces jeunets à peine tombés du nid.

– Un Magicien, répéta Kendhil, pensivement. Comment s'appelait-il ?

– Il se pourrait qu'il s'agisse de Mézandion.

– Ce n'est pas sûr ?

– Je l'ai déduit, parce qu'il était le seul Magicien de sa confrérie, dont le nom circulait en ce temps-là comme s'il s'était agi d'un seigneur de l'Obscur égaré dans l'empire. J'ignore quel si grand crime il avait commis.

– Voilà qui va sûrement m'aider, murmura Kendhil pour lui-même. Que savez-vous d'autre, Vénérable ?

– L'itinéraire pour se rendre dans la région du plateau d'Hélion. En revanche, j'ignore complètement comment on y accède. J'ai seulement entendu dire que même une araignée y réfléchit à deux fois avant de s'aventurer sur le territoire des dragons rouges. »

Les deux elfes échangèrent un sourire complice. C'est alors que Kendhil perçut un bruit, ténu mais assez précis pour être identifié. C'était une respiration, en aplomb de la terrasse.

Après avoir recueilli tous les renseignements et conseils que le Vénérable Guenth pouvait lui fournir, Kendhil se hâta de prendre congé. Il dévala en quelques secondes la spirale de l'escalier fixée au tronc de l'arbre, mais s'immobilisa sur la dernière marche pour tenter de repérer une présence alentour. Non sans une certaine déception, il ne perçut que celle d'elfants jouant tout près de là, assis en rond sur la mousse tendre. Sans plus s'attarder, il se rendit jusqu'à l'arbre-maison de sa lignée d'adoption, les Endh, puis s'empressa de grimper dans sa chambre, juchée sur les plus hautes branches. Là, il ne mit pas trois minutes à réunir ce qu'il pensait être le strict nécessaire pour une expédition lointaine : une provision de gâteaux de résine sylvestre, une gourde de bois qu'il remplirait au premier ruisseau, de quoi allumer un feu ou des flambeaux... Il rassembla sur son lit quelques autres ustensiles de voyage, et enfin jeta le tout dans une besace que lui avait offerte justement Guenth l'Ancien, comme s'il avait eu la prémonition que cet elfon peu ordinaire était promis à de grandes aventures... comme lui en son jeune âge, songea Kendhil en refermant le sac de toile brune. La particularité fort pratique de ce dernier était de posséder deux bandoulières qui permettaient de le porter plaqué sur le dos. Pressé de partir, pour ne pas dire excité, Kendhil décrocha sa cape elfique d'un vert profond, suspendue à une patère, puis se retourna pour sortir... et se figea.

« Errindha ! s'exclama-t-il.

– Il me semble, oui, répondit l'elfide qui se tenait de l'autre côté de la porte, nonchalamment appuyée contre la rambarde qui fermait l'étroite terrasse de Kendhil.

– Tu m'espionnes ?

– Je t'observe. Tu sais, pour une elfe Sentinelle, cela n'a rien d'extraordinaire. »

L'elfon esquissa un sourire, puis sortit de sa chambre, sa cape sur un bras et sous l'autre son havresac. Il évita le regard de sa congénère en passant devant elle.

« Tu n'oublies rien ? demanda celle-ci.

– Non. Et puis cela ne te regarde pas.

– Si je devais traverser l'empire à pied, personnellement j'emmènerais ma dague. »

Kendhil écarquilla les yeux.

« Mille feuilles ! C'est vrai ! »

Cette lame n'était pas une arme de guerre, au sens où elle était remise par les aînés à un Sentinelle qui entrait dans son troisième âge, comme un cadeau rituel sacralisant son accession à la maturité... donc à la responsabilité. Elle était cependant assez longue, résistante et tranchante pour rivaliser avec les meilleures épées orques, voire avec celles des chevaliers d'Isuldain. Après être retourné dans son logement pour la récupérer dans son coffre à vêtements et tout en l'attachant à sa ceinture, Kendhil remercia son amie, puis admit :

« J'ai encore des progrès à faire.

– C'est pourquoi tu as besoin que je t'accompagne.

– Ce serait certainement agréable, mais je n'y tiens pas.

– Pourquoi ?

– Parce que... J'ai deux cents bonnes raisons et pas le temps de te les donner.

– Moi, j'en ai deux cent une pour te convaincre du contraire. »

Kendhil planta son regard dans celui de l'elfide. Il fut un instant tenté, très tenté même, d'accepter sa proposition, mais la raison l'en dissuada avec une telle fermeté qu'il se détourna vivement en lâchant :

« N'essaie pas de me suivre. »

Dans la culture Sentinelle, une telle injonction, donnée sur un tel ton, ne souffrait aucune réplique. Ne pas la respecter revenait à briser l'amitié qui liait deux membres de la communauté. Or, la cohésion de la communauté Sentinelle reposait justement sur la confiance et le respect de la liberté d'autrui. Errindha n'insista pas et, pour la première fois de sa vie, subit un déchirement qui lui tira des larmes.

Kendhil aussi éprouva cette douloureuse sensation, pas seulement parce qu'il s'arrachait aux siens pour une aventure des plus incertaines, mais aussi parce qu'il prenait une décision contre l'avis de Karlo. Jamais, jusque-là, il n'avait été amené à se fâcher avec lui. Quel démon l'habitait donc ?

• 3 •
LE COMTÉ DES OUBLIÉS

Sitôt qu'il eut quitté le couvert des arbres, Kendhil scruta le ciel et les crêtes de la chaîne d'Oriadith. Malheureusement, il n'y distingua rien qui ressemblât à un dragon, seulement des aigles planant au gré des courants ascendants. Et cela accrut son désarroi. Par chance, ce jour-là, les Maîtres des Éléments avaient l'humeur azur et brise fraîche, le temps rêvé pour les voyageurs. Kendhil aurait pu faire appel aux chevaux de Kolphis, ces indomptables bêtes sauvages qui ne supportent de proximité qu'avec les elfes. L'un d'eux aurait sûrement accepté de le prendre sur son dos, au moins pour la première étape du parcours, estimée par Guenth l'Ancien à cinq jours et quatre nuits. Mais puisqu'il avait décidé de partir seul, autant aller au bout de sa logique. Cinq jours et quatre nuits en solitaire l'aideraient peut-être à faire quelques découvertes sur lui-même. À moins que Karlo se décide à le rejoindre, ce qui était plus que probable malgré son caractère de... dragon.

Au bout de quelques heures de marche à travers prés et bois, Khendil croisa une route caillouteuse qu'il emprunta en direction du sud, ainsi que Guenth le lui avait indiqué. Il cessa dès lors de marcher le nez en l'air dans l'espoir toujours déçu d'apercevoir son alter ego, pour regarder où il posait le pied. Car à plusieurs reprises, il buta contre des pierres qui lui meurtrirent les orteils, à peine protégés dans ses bottines en cuir d'écorce, certes souples et idéales pour l'escalade, mais bien légères pour fouler un sol aussi dur. Avant la fin de la journée, il sentit ses voûtes plantaires s'échauffer et la sueur couler le long de ses tempes et de son dos. Pour comble d'inconfort, les sangles de son sac lui sciaient les épaules.

Khendil n'oubliait ces désagréments qu'en de brèves circonstances, lorsqu'il croisait des humains. Le plus souvent, il s'agissait de paysans conduisant des charrois ; de temps en temps, un groupe de guerriers à pied, menés par un chevalier. On les appelait les patrouilleurs d'Isuldain. Ils étaient les oreilles et les yeux de l'empereur. Que l'un d'eux vienne à disparaître, et aussitôt une troupe de guerre partait à sa recherche. C'est ainsi que la sécurité était assurée dans les comtés qui avaient accepté cette « amicale collaboration », jusque sur les pistes les plus étroites et dans les terroirs les plus reculés.

Pourtant, Kendhil savait qu'il viendrait un moment où il serait forcé de quitter les voies aménagées par les hommes, pour traverser une région sauvage qu'on prétendait être le refuge des plus vils et gourmands prédateurs. Ces plaines appartenaient à un fief de sinistre réputation, surnommé le comté des Oubliés. Son nom d'origine ne figurait plus que sur les très anciennes cartes. Le contourner était possible, mais exigerait de nombreux jours supplémentaires de marche. Or, Kendhil avait déjà pris sa décision, contre l'avis du Vénérable, sans doute parce qu'il ne doutait pas que son dragon finirait par le prendre en charge, d'autant plus vite qu'il se mettrait en situation de péril.

C'est finalement au crépuscule du premier jour, fourbu, déprimé, perclus de douleurs des pieds aux épaules, que l'audacieux voyageur atteignit la frontière séparant le comté des Oubliés de celui, paisible et verdoyant, de Songga. Ce qu'il découvrit n'était pas fait pour lui remonter le moral. La route qu'il suivait formait à cet endroit un coude qui ouvrait sur une voie, large de trois pas, bordée de chaque côté par une haie d'épineux noirs. Elle s'enfonçait en pente douce dans une campagne qui, d'après ce que l'elfe pouvait en voir, était dans un état de complet abandon, pour ne pas dire de désolation. Une pancarte rectangulaire écaillée annonçait à l'entrée du chemin : COMTÉ DES OUBLIÉS. Une main malicieuse avait ajouté, maladroitement gravé dans le bois : *Bienvenue à toi, cher désespéré.*

Guenth avait expliqué à Kendhil que ce domaine avait été prospère, en un passé finalement pas si lointain. Le dernier seigneur à y avoir régné avait connu un étrange et terrifiant malheur. À trop fréquenter les savants de l'Occulte, qu'on appelait aussi les Sorciers (par opposition aux Magiciens qui étaient les savants de l'Ici), il avait fini par attirer des créatures de l'Outremonde. Dès lors, la rumeur et la légende avaient remplacé les faits, la crainte avait dévoré la curiosité, et la mort s'était peu à peu installée... jusqu'à l'oubli.

Une nouvelle fois, Kendhil parcourut du regard la vaste voûte céleste qui, à l'est, du côté des Oubliés, commençait à s'assombrir, tandis que derrière lui, à l'ouest, elle se parait de sa robe du soir orangée. Il poussa son cri d'appel qu'un ignorant eût pris pour celui d'un aigle. Karlo était capable de l'entendre à dix lieues[1], ce qui en la circonstance était bien peu.

1. Une lieue équivaut à environ 4 kilomètres.

Ne voyant rien venir, l'elfon prit une mine farouche, puis lança pour lui-même, tel un guerrier valeureux :

« À l'attaque ! »

Il dégaina sa dague et s'engagea dans ce couloir végétal encombré de lianes griffues.

Après une rude bataille, Kendhil parvint enfin au bout de la voie... et grimaça, car elle débouchait sur une rivière. Si les elfes Sentinelles étaient de formidables grimpeurs, ils n'avaient en revanche aucune aptitude à la nage. Autant dire que cet obstacle était rédhibitoire. Il fallait faire demi-tour. Ce renoncement était un premier échec que l'elfe aurait du mal à digérer. Déjà, il commençait à en vouloir à son alter ego, car jamais ce dernier ne l'avait abandonné aussi longtemps. À la vérité, il ne l'avait jamais abandonné. Kendhil se força à croire qu'il avait ses raisons et qu'elles étaient sûrement légitimes.

« Bon, qu'est-ce que je fais ? » s'interrogea-t-il à voix haute, poings sur les hanches, en contemplant les eaux sombres de cette barrière liquide.

C'est alors qu'il capta une présence, non pas près de lui, mais en face, sur l'autre rive. Malgré son excellente vue elfique, il ne parvint pas à repérer l'individu qui, bizarrement, lui donnait l'impression de n'être ni un animal ni un homme. Il connaissait deux catégories de créatures répondant à ce critère : les elfes et les orques. Comme il était inconcevable qu'il s'agisse d'une engeance de l'Obscur, Kendhil en déduisit qu'il s'agissait d'un congénère. Son intuition lui souffla également que ça pouvait être une autre sorte de créature, nettement moins sympathique.

Il décida qu'il longerait la rivière sur une ou deux lieues, dans l'espoir de trouver un gué ou, pourquoi pas, un pont.

Au comble de l'agacement et du découragement, Kendhil était sur le point de mettre un terme à son expédition, quand il arriva en vue de ce qui ressemblait fort à un espoir de solution. Cela lui apparut d'abord sous forme de points lumineux, scintillant dans l'obscur lointain. Après un cheminement interminable, à pas prudents malgré sa faculté à bien voir la nuit, il constata comme il l'avait pressenti qu'il s'agissait d'un village, installé au bord de la rivière... plus exactement, de chaque côté de la rivière. Entre les deux rives, il y avait un pont ! Il s'approcha au plus près du bourg et, pour mieux l'observer, grimpa tout en haut d'un grand chêne qui avait poussé au bord d'un champ cultivé. Ce modeste agglomérat de maisons à encorbellement était fendu par une rue principale qui, une fois le pont franchi, allait buter une centaine de mètres plus loin contre un haut portail à deux battants. Celui-ci était aménagé dans un rudimentaire rempart de troncs en arc de cercle, parallèle à la rive sur laquelle il s'appuyait. Ainsi, il protégeait l'accès au pont, mais n'empêchait pas de s'engager dans le courant bouillonnant. Quelle sorte d'ennemi redoutait-on sur la rive est du fleuve ? Seule certitude, lui non plus ne savait pas nager.

Kendhil resta ainsi perché à califourchon sur une branche, à espionner un village dont l'activité était quasi nulle... nulle en vérité, exception faite du chien qui déambula un moment dans la rue principale. La fatigue commençait à se faire sentir, mais avant de s'accorder quelques heures de sommeil, l'elfon tenait à traverser cette rivière. Stimulé par son envie d'avancer, il se hâta de descendre de son observatoire. Il pénétra bientôt dans le bourg, sans chercher à se faire discret, tel un voyageur insouciant. Les maisons à colombages qui bordaient la grand-rue portaient toutes les meurtrissures du temps. Les volets étaient clos ou, quand ils ne l'étaient pas, c'était parce que la maison était abandonnée. Ici et là, suspendue à un pignon, brûlait une lampe, dont la maigre flamme vacillait sous une cloche de métal percée de trous. Ces lieux respiraient la misère et une lente agonie, ce qui pressa Kendhil d'accélérer la traversée.

Soudain, une porte grinça sur sa droite. Il s'arrêta net. La silhouette frêle d'un vieillard, enveloppé dans une chemise crasseuse, apparut. Il tenait une lanterne qu'il levait aussi haut que possible.

« Eh, là ? Qui êtes-vous ?

– Bonjour, messire, je m'appelle Kendhil. Vous n'avez rien à craindre, je ne fais que passer.

– Oh, s'il y avait à craindre, ce ne serait pas pour moi. Où allez-vous comme ça ? »

L'elfon jeta un coup d'œil vers le pont, au-delà duquel se dressait la muraille de troncs.

« Vers l'est.

– Vers l'est ? Tiens, tiens. Cela fait bien longtemps qu'on n'a point vu de désespéré passer par là.

– Pourquoi dites-vous cela ?

– Parce qu'il faut l'être pour vouloir s'aventurer sur le terrain de chasse du... ou bien être fou. »

Claudiquant, l'homme s'approcha de l'étranger.

« Comment disiez-vous vous appeler ?

– Kendhil, je suis un elfe Sentinelle. »

La réponse fit sursauter le vieillard comme s'il avait reçu un coup au cœur. Le visage déformé par la terreur, il recula en bredouillant :

« Un elfe ? Vous êtes un elfe ?

– Eh bien oui ! confirma l'intéressé, tout ce qu'il y a de plus elfique. »

Le vieil homme leva un peu plus haut sa lanterne et s'avança pour regarder les oreilles légèrement pointues de Kendhil. Il fut alors comme pris de folie furieuse. Il s'élança dans la rue en hurlant :

« Alerte ! Alerte ! Un elfe est entré chez nous ! »

Kendhil eut envie de sourire en voyant ce pauvre fou trottiner d'un côté à l'autre de la rue. Mais quand il commença à crier « Aux armes ! », le jeune Sentinelle comprit qu'il valait mieux ne pas s'attarder.

Kendhil se contenta de marcher à grands pas. Ici et là, sur les façades, les volets ou les portes d'entrée s'ouvraient en claquant. Des visages blêmes et fripés d'humains à demi chauves apparaissaient et aussitôt relayaient l'alarme. Alors il dut se mettre à courir, car certains de ces vieillards avaient sorti, qui une arbalète, qui une épée ou une pique. Heureusement, aucun des carreaux qui sifflèrent n'atteignit sa cible, laquelle se retrouva bien vite acculée à la porte du bourg comme dans un cul-de-sac. Kendhil fit volte-face. Une trentaine d'hommes et de femmes échevelés, aux articulations douloureuses, avait investi la rue principale et approchait, menaçant et vociférant.

« Mais, enfin, qu'est-ce qui vous prend ? les interpella-t-il. Je ne vous veux aucun mal !

– Aucun mal ? répliqua un grand type sec porteur d'une arbalète. Avec celle-là, on en sera sûr ! »

L'homme épaula son arme et tira une flèche qui se planta dans l'huis, largement au-dessus de la tête de l'elfe. Ne tenant pas à recevoir un coup perdu, celui-ci se retourna, d'un bref coup d'œil évalua le système qui maintenait le portail clos, puis souleva sans difficulté le madrier de verrouillage grâce à son contrepoids. Les battants commencèrent à s'écarter lourdement. Sans demander son reste, Kendhil se rua par l'entrebâillement, puis s'enfuit dans la nuit, songeant que désormais tout retour en arrière lui était interdit.

• 4 •
ATTAQUE SURPRISE

Kendhil décida de chercher un arbre assez volumineux pour terminer cette première nuit en terre inconnue. Il ne tarda pas à trouver le refuge idéal et l'emplacement le plus confortable pour s'y reposer, à savoir une branche maîtresse quasiment horizontale. Un humain aurait dû s'attacher pour ne pas risquer de tomber ; un Sentinelle n'en avait nul besoin. Comme la plupart des elfes, lorsque les circonstances l'exigeaient, il avait la capacité de ne dormir que d'un œil au sens où il mettait en sommeil une moitié de son cerveau, tandis que l'autre assurait la vigilance et le maintien du tonus musculaire. Trois ou quatre alternances suffisaient pour un repos minimal. Avant de s'allonger, il suspendit son sac à une branche, à portée de main, au cas où durant la nuit il serait pris d'une petite faim.

Kendhil ne dormait donc qu'à moitié, bercé par le doux chant des grillons. Dans sa semi-méditation, il songea que l'absence obstinée de Karlo n'était finalement pas si grave. Il venait d'affronter bravement et sans dommage une épreuve non dénuée de péril, et pouvait espérer que les prochaines ne lui causeraient pas plus de soucis. Après tout, ce n'étaient pas les terres de l'Obscur qu'il avait à traverser !

Il ouvrit tout à coup les yeux et, en un instant, sa moitié de cerveau endormie se mit en vigilance maximale. Une brindille avait craqué. Quelqu'un approchait... ou quelque chose, et maintenant grimpait à l'arbre avec une souplesse de félin. Kendhil porta la main à la poignée de sa dague. Son rythme cardiaque ralentit, tandis que sa respiration devenait plus profonde[1]. Cela s'était approché, puis immobilisé. Ce n'était pas un animal. Ce n'était pas humain. Kendhil savait que s'il se redressait, le visiteur nocturne s'enfuirait. Or, il tenait à lui mettre la main au collet. Durant quelques minutes, rien ne se produisit. Seule demeurait cette singulière et dérangeante perception d'une présence, peut-être plus curieuse qu'hostile.

Enfin, la « chose » se décida à bouger. Elle était toute proche à présent et sa respiration, bien qu'extrêmement légère, n'échappait pas au jeune Sentinelle. Un sentiment étrange, pour ne pas dire incommodant, l'envahit. La chose n'émettait pas de chaleur. Ce pouvait-il qu'il s'agisse d'une sorte de serpent ? Énorme,

1. Chez les elfes, l'émotions accroît la maîtrise du corps.

alors ! Non, puisque ce n'était pas animal ! Kendhil prit peur. Il se redressa vivement tout en dégainant son épée. Une lueur blanche passa sur le fil de la lame, à l'instant même où le scintillement d'une étoile se reflétait dans l'œil de la chose. Elle était dressée devant lui ! Kendhil tenta de l'embrocher, mais sa lame ne fendit que l'air. Pourtant, il ne vit pas venir le coup que lui asséna l'agresseur sur la joue gauche. Étourdi, le Sentinelle perdit l'équilibre. Dans un réflexe, il réussit à agripper d'un bras la branche sur laquelle il se tenait accroupi mais, entraîné par son poids, il ne put assurer sa prise. Alors ce fut la chute, dans des craquements de bois brisé et des bruissements de feuillages secoués. Il atterrit sur un sol heureusement tapissé d'herbe moelleuse. Malgré une douleur aiguë qui lui coupait la respiration, il se releva et se remit en garde. L'obscurité était moins profonde qu'en début de nuit, grâce à un ciel qui s'était dégagé. Pourtant, Kendhil ne parvint pas à distinguer son agresseur, ni dans l'arbre ni alentour. Si le bougre avait filé, ce devait être un spectre, car aucun animal ou créature « normale » n'aurait pu développer une telle vélocité.

L'elfon resta un très long moment aux aguets. Ne percevant plus aucune présence à proximité, il finit par se détendre et prendre conscience des douloureuses conséquences de sa dégringolade. Grimaçant et se tenant les côtes, il s'assit au pied de l'arbre et n'en bougea plus.

À l'aube, il se leva en relative bonne forme. Sa douleur au thorax s'était atténuée et sa joue gauche ne devait certainement plus porter la marque du coup reçu... avec quoi d'ailleurs ? Un poing sans doute qui, curieusement, aurait été enveloppé dans un gant épais. Au moins, l'affaire aurait-elle une vertu : l'inciter à redoubler de vigilance. Il s'étira, puis songea que sa journée allait commencer par une séance d'escalade afin de récupérer son havresac. Méchante surprise, celui-ci avait disparu ! Un sentiment violent lui comprima le cœur.

« Si je le retrouve... » grinça-t-il, dents serrées, se voyant déjà saisir le voleur au cou.

Il s'effraya aussitôt de cette réaction, qu'il savait beaucoup plus humaine qu'elfique, et se força à voir le bon côté des choses en se disant qu'il gardait l'essentiel : son épée, sa cape et sa farouche détermination à vivre cette aventure jusqu'au bout.

Le moral en berne, il se remit en route, dans les brumes matinales. La première heure de marche se déroula tranquillement, à travers une mosaïque de champs rendus à la vie sauvage. À perte de vue.

C'en était effarant. Les quelques fermes traversées étaient pareillement livrées aux herbes folles et au saccage du temps. Une fois seulement, Kendhil croisa un humain, très vieux mais fort vigoureux, qui le chassa de sa cour en hurlant et en le menaçant de sa canne, comme s'il avait été un loup un peu trop audacieux. N'étant que de passage, l'elfe finit par ne plus chercher à comprendre le mystère de la malédiction qui avait frappé ce comté. Avec le retour du soleil, il avait retrouvé le moral et une apparente insouciance, car il n'avait pas baissé la garde. C'est alors que la chose se manifesta à nouveau.

Kendhil progressait à flanc de colline, dans un magnifique pré d'herbe haute parsemé de fleurs. Vers le nord, à moins d'une heure de marche, édifiée sur une butte au bord d'un lac, se découpait une petite citadelle fortifiée. Ses remparts crénelés de pierre brune protégeaient quelques maisons au toit d'ardoise, ainsi qu'un donjon au sommet duquel pointait un mât. Kendhil s'arrêta, scruta, s'interrogea... En haut de cette hampe était suspendu un objet, dont la forme lui parut familière.

« Oh, la canaille ! Il se moque de moi ! » maugréa-t-il d'une voix sourde.

Son précieux bagage était exhibé au bout d'une perche, tel un étendard... ou un attrape-nigaud, songea-t-il. La sagesse le retenant de se précipiter récupérer son bien, l'envie d'en découdre le fit toutefois avancer.

•5•
LA CHOSE QUI PARLE

Plus il approchait de la citadelle, plus Kendhil allongeait le pas. Il était comme un aigle fondant sur une proie sans la lâcher des yeux. La proie, en l'occurrence, était son sac. Il était conscient d'être imprudent, mais il se sentait capable d'être plus rapide que la chose si elle l'attaquait... ou plutôt lorsqu'elle l'attaquerait, car cela ne faisait guère de doute.

Par une route où prospéraient les herbes folles, il arriva devant la porte de la forteresse dont le pont-levis était abaissé. Au-delà des battants grands ouverts, il apercevait une étroite ruelle pavée, qui montait en pente douce vers le cœur de la citadelle où s'élevait la tour crénelée. Il prit le temps de sonder par l'esprit ce site d'apparence paisible, à l'évidence déserté depuis de nombreuses années. N'y percevant aucune présence, du moins à proximité, il s'y engagea, tous les sens en éveil, les pans de sa cape rejetés sur ses épaules de manière à laisser ses bras libres en cas d'urgence : il progressa dans l'ombre des maisons à encorbellement, guettant le moindre mouvement ou bruit suspect. Il déboucha bientôt sur une placette au centre de laquelle se dressait une fontaine, dont le bassin était à demi rempli d'eau croupie. Il leva les yeux pour puiser un peu d'espace dans un ciel pourtant laiteux, comme on prend une goulée d'air. Ce milieu confiné l'oppressait, et il détestait l'atmosphère qui y régnait.

La chute d'un petit objet sur sa gauche, sans doute un caillou, le fit tressaillir. Il tira silencieusement sa dague. La chose était là, et probablement savait-elle qu'il en était conscient. Un étrange jeu venait de commencer entre eux deux, à la fois chasseurs et gibier l'un pour l'autre. En quelques enjambées, Kendhil traversa la place pour se poster à l'angle d'un passage sombre, d'où le bruit lui avait semblé provenir. Maître de son souffle, il jeta un bref coup d'œil dans la venelle, mais n'y surprit aucune silhouette. Il s'y engagea et y progressa à pas de loup. La chose s'était déplacée, il était convaincu qu'elle n'était pas loin. Sa présence était singulièrement puissante, tout en étant indétectable, contrairement à un humain embusqué ou à un animal aux abois. Un huis grinça. Certes, cela pouvait n'être qu'un courant d'air traversant une maison, mais l'elfon préféra considérer qu'il s'agissait de son adversaire. Il repéra une porte basse dans le mur de droite. D'une main, il poussa le battant qui n'opposa aucune résistance. Malheureusement, le gémissement des gonds, bien que faible, le trahit. Du coup, il renonça, recula, se retourna... et entrevit une ombre disparaître à l'entrée de la venelle, si vite qu'il fut malheureusement incapable de lui donner une forme. Il se précipita... Comme il s'y attendait, la placette était déserte.

Il grommela, puis se dit qu'il avait une autre priorité que de jouer à cache-cache avec un lutin espiègle : récupérer son bien et poursuivre son voyage. Il se dirigea d'un pas résolu vers une rue qui montait en direction du donjon.

La chose ne tarda pas à se manifester à nouveau. Passant devant une ruelle, Kendhil reçut dans le cou un projectile qui ne le blessa pas mais lui tira un cri de surprise. La chose venait de lui lancer un caillou.

« Tu commences à m'agacer ! s'exclama l'elfon. Montre-toi, garnement !

– Attrape-moi, mon mignon, si tu le peux ! » répliqua la chose.

Kendhil sourit. Le coquin avait donc une voix, un peu aigrelette, mûre cependant, peu sympathique en tout cas.

« Je n'ai pas le temps de jouer. Désolé, répondit-il.

– Moi, si. »

Le Sentinelle scruta le fond de ce qui lui paraissait être un cul-de-sac. Il trouva curieux d'entendre le plaisantin l'interpeller depuis ce trou, alors qu'il n'y distinguait rien sinon quelques caisses de bois à demi disloquées. Ne sentant pas de danger, sinon celui de recevoir une pierre dans la figure, il rengaina sa lame et s'engagea dans l'impasse. Au-dessus de lui, les encorbellements à trois niveaux des habitations amenaient presque les toitures à se toucher. Kendhil était persuadé que la chose attendait qu'il passe sous l'une ou l'autre de ces fenêtres, où elle devait être embusquée, pour lui tomber dessus. C'est donc nez en l'air qu'il progressait, les mains prêtes à recevoir le coquin comme il se devait.

Soudain, à sa droite, d'un renfoncement auquel il n'avait pas prêté attention, jaillit un objet qui le frappa au plexus, lui coupant la respiration. Plié en deux, il recula jusqu'à buter contre le mur d'en face. La chose surgit, telle une araignée hors de son trou. Elle voulut saisir l'elfe au cou, mais celui-ci fut assez vif pour esquiver. Il tira sa dague et menaça :

« Gare, lutin, je ne joue plus.

– Qui parle de jeu ? » siffla la chose.

Grâce au rai de lumière grise filtrant entre les toits, il se fit une idée plus précise de la créature qui se tenait devant lui, et en resta stupéfait... un instant de trop ! Son adversaire lui asséna un nouveau coup, cette fois sur la tempe, avec un objet ressemblant à une masse d'arme. Un troisième choc derrière la tête l'assomma pour de bon.

La nuit qui avait envahi la conscience de Kendhil se dissipa assez vite, lui sembla-t-il. Aussi fut-il surpris en rouvrant les yeux de constater qu'il n'était plus dans l'impasse, mais sur la placette, assis dos à la margelle de la fontaine. Une intense douleur lui vrillait le cerveau. Il voulut se tâter l'arrière du crâne, mais constata qu'il avait les mains liées devant lui.

« Alors ça ! » maugréa-t-il en se contorsionnant.

Quelque chose lui toucha l'épaule droite. C'était une boule de cuir fixée à un manche de bois, lequel était tenu par une longue main à la peau semblable au parchemin jaunâtre que les humains utilisaient pour leurs écritures. Le bras était enveloppé dans une manche de fin tissu noir, taché et poussiéreux. Kendhil tourna le buste pour lever les yeux et découvrir celui qui l'avait si bien berné. Il était adossé au puits et toisait de haut son adversaire vaincu avec un petit rictus de maligne satisfaction.

Son visage, sans être hideux, était si déconcertant que l'elfon eut du mal à comprendre quelle terrible maladie l'avait frappé. Ce n'était pas la vieillesse, car une peau âgée gardait une certaine souplesse et une couleur normale, les traits se détendaient et formaient des rides qui pouvaient être profondes, chez les humains surtout. Or là, on eût plutôt dit que cet homme... – non, pas cet homme, car il avait les oreilles pointues caractéristiques des elfes – cet elfe donc, s'était desséché. Il avait un visage triangulaire sans expression, au teint cireux et aux pommettes proéminentes. Sous des arcades sourcilières saillantes, étincelait un regard obscur d'une dérangeante fixité. Sa chevelure de ténèbres était plaquée en arrière. Enfin, il était vêtu d'une combinaison souple et noire comme Kendhil n'en avait jamais vu, épousant une musculature robuste, fort surprenante sous ce visage émacié à l'excès.

Ainsi la chose était-elle une sorte d'engeance elfique, d'une noirceur et d'une froideur qui justifiaient à elles seules la terreur qu'elle inspirait aux rescapés de ce comté. Elle releva sa massue, qu'elle mit en appui sur son épaule droite en une posture désinvolte.

« Surpris, n'est-ce pas ? » persifla-t-elle.

Kendhil cessa de se tordre le cou pour regarder droit devant lui et répondre d'un air sombre :

« Désappointé, plutôt. Je me suis fait piéger comme un elfant.

– Il est vrai que je m'attendais à un peu plus de subtilité de la part d'un Sentinelle, fût-il comme toi dans son sixième âge. »

Kendhil tourna à nouveau la tête pour considérer la créature, étonné qu'elle ait si bien su évaluer sa maturité.

« Qui êtes-vous ? Ou peut-être devrais-je demander, qu'êtes-vous ?

– Les deux me conviennent, car je ne suis plus tout à fait un être vivant, mais sachez que je détesterais qu'on me surnomme la chose. »

Et en plus, il lit dans mes pensées, maugréa intérieurement, Kendhil dont le malaise croissait de seconde en seconde.

« Comment doit-on vous appeler ? »

Le mystérieux personnage parut perplexe, puis lâcha :

« Puisque je suis un elfe déchu, appelle-moi ainsi, l'elfe déchu.

– Déchu de quoi ?

– De tout. Sauf de ma conscience. Et de mes... (il émit un soupir comme s'il manquait d'air tout à coup) besoins », lâcha-t-il dans un souffle.

Il se fit un silence, que Kendhil rompit :

« Qu'allez-vous faire de moi ?

– T'inviter en ma demeure.

– C'est très aimable, mais j'ai entrepris un long voyage et je ne peux malheureusement pas m'attarder.

– Un long voyage ? Peut-on connaître ta destination, jeune Sentinelle ?

– En principe non, mais pour vous je ferai une exception ; je vais retrouver de vieux parents vers le sud. »

L'elfe déchu changea d'expression, comme si Kendhil venait de prononcer des paroles horrifiantes.

« De vieux parents ! s'exclama-t-il avec dégoût. Je déteste ce qui est vieux. »

Saisissant la balle au bond, Kendhil demanda :

« Pourquoi ?

– Cela ne se voit-il point ? La vieillesse est ma damnation. Il me faut sans cesse... »

L'elfe déchu s'interrompit, de peur à l'évidence de dévoiler quelque odieux secret. Il se pencha, empoigna d'une main son prisonnier sous l'aisselle et l'obligea avec une force stupéfiante à se mettre debout.

« Allez, mon jeunet, nous n'avons que trop bavardé. »

Kendhil comprit que sa situation prenait une tournure, dont il pressentait l'épilogue funeste. L'elfe déchu l'obligea à marcher en direction du donjon, le poussant du bout de sa matraque dès qu'il cessait de mettre un pied devant l'autre.

« Où m'emmenez-vous ? s'inquiéta l'elfon.

– Je te l'ai dit, chez moi.

– En haut de la tour ?

– À l'air et à la lumière ? Sûrement pas ! Ma

demeure est vaste mais sous terre, ainsi qu'il sied à un damné de mon espèce. »

Kendhil crut comprendre à qui il avait affaire :

« Seriez-vous par hasard un spectre ?

– "Par hasard", répéta la créature avec un rire las. Ignores-tu donc qu'il n'existe aucun hasard en ce monde, comme en tout autre d'ailleurs ?

– Quelle faute avez-vous donc commise ? »

Kendhil fut poussé dans le dos avec un peu plus de rudesse que précédemment. Il en déduisit qu'il avait mis le doigt sur le point sensible, c'est-à-dire la faiblesse de son adversaire.

« Elfe déchu, quel crime avez-vous commis ? insista-t-il. Si terrible soit-il, peut-être pourrais-je vous aider. »

Un éclat de rire lui répondit.

« Alors, c'est que tu serais capable d'inverser le cours du temps.

– Et pourquoi pas ! »

L'elfe déchu le saisit soudain par une épaule et l'obligea à se retourner. Son visage était crispé de fureur, ses yeux étincelants étaient terrifiants, presque foudroyants.

« Sais-tu que j'étais un humain ? Et que ma déchéance fut de forcer les lois de notre nature pour devenir un... un... »

L'émotion étrangla sa voix.

« Un elfe », lâcha Kendhil dans un souffle.

L'engeance le fixa quelques secondes, puis étira un sourire artificiel qui se transforma en une grimace animale, dévoilant deux canines de carnassier. Puis, d'un coup, elle reprit son expression sévère.

« Tu en connais beaucoup, des elfes, qui peuvent offrir à leur miroir un aussi beau sourire ? » l'interrogea-t-il d'un ton sarcastique.

Kendhil ne trouva rien à répondre. Et son ravisseur le bouscula pour qu'il reprenne sa marche.

C'est en arrivant au pied de la tour, sur un parvis semi-circulaire, que Kendhil réalisa que s'il se laissait emmener dans les sous-sols de la citadelle, son sort était scellé. Il devait trouver une solution, au plus vite !

• 6 •

L'ENTHOUSIASME EST DE RETOUR

Kendhil se raidit et reçut aussitôt un coup de massue dans les côtes.

« Eh bien, avance ! le gronda l'elfe déchu. Préfères-tu que je t'assomme à nouveau ? »

L'elfon fit volte-face et à l'instinct lança :

« Je sais comment vous aider ! »

Sur le visage parcheminé de la créature, la méfiance se mêlait à la curiosité.

« Je t'écoute. »

Le temps d'un éclair, Kendhil mit en relation un objectif, monter au sommet de la tour, et le souvenir d'un conte que racontaient les aînés aux elfants Sentinelles.

« Dans mon sac, que vous m'avez si habilement dérobé, je transporte ma pierre magique. »

L'elfe noir haussa les sourcils d'incrédulité.

« Comme vous le savez, poursuivit Kendhil, un Sentinelle ne peut partir pour un long et périlleux voyage sans cette protection léguée par nos ancêtres.

– Je l'ignorais... Et alors ?

– Cette pierre n'a pas seulement le pouvoir de repousser les menaces, elle peut aussi accomplir certains prodiges... des vœux, par exemple. »

L'elfe déchu accueillit l'information avec un demi-sourire. Néanmoins, il eut envie d'en savoir plus :

« Admettons. En quoi cela pourrait-il m'aider ?

– Tout dépend de votre problème... » La créature éclata de rire. Sans se troubler, Kendhil proposa : « Montons récupérer ma pierre et vous verrez bien. Que risquez-vous ?

– Moi, rien, il est vrai. Toi, par contre, si tu t'es moqué de moi, je te promets un châtiment à la mesure de l'offense. »

Les mâchoires du ravisseur se contractèrent. Il invita Kendhil à franchir le porche d'entrée du donjon. Ensuite, il lui désigna de sa massue un étroit escalier en colimaçon. Durant toute l'ascension, Kendhil réfléchit à ce qu'il pourrait tenter si son plan ne marchait pas. En posant le pied sur la plateforme au sommet de la tour, sa conclusion tomba comme une sentence de mort : rien !

Au centre de l'espace se dressait un mât d'une dizaine de mètres. Le havresac y était suspendu à la corde servant normalement à hisser l'étendard de la ville.

« Assieds-toi ! » ordonna l'elfe déchu.

Puis il s'approcha du mât. Tandis qu'il amenait le sac à lui, Kendhil gonfla ses poumons puis poussa son cri d'appel. La créature le fusilla du regard.

« Tu appelles ton aigle ? Pourquoi donc ?

– Je ne veux pas mourir sans lui. Vous qui semblez si bien connaître les Sentinelles, cela ne devrait pas vous étonner. »

L'elfe déchu esquissa un acquiescement de la tête, puis acheva de faire descendre le sac. Ensuite, il s'empressa de l'ouvrir, indifférent aux cris perçants que son prisonnier lançait à s'en rompre les cordes vocales, en vain semblait-il. Il avait beau scruter les cieux, son alter ego restait désespérément invisible. Tout à coup, l'elfe déchu poussa un grognement et jeta au sol la dépouille du sac qu'il avait vidé, sans bien sûr rien y trouver qui ressemblât à une pierre.

« Tu m'as raconté cette fable uniquement pour nous faire monter ici, n'est-ce pas ? gronda-t-il. Pour appeler ton aigle ! Eh bien, puisque tu tiens à ce qu'il te voie périr, passons directement au sacrifice. »

Il s'avança vers Kendhil, le souleva puis le transporta jusqu'au mât auquel il l'attacha. Prenant un peu de recul, il se mit ensuite à le fixer d'un regard bas de prédateur.

« Qu'allez-vous me faire ? s'inquiéta le Sentinelle.

– Ne t'es-tu pas demandé pourquoi, en ce comté, il ne restait qu'une poignée de misérables vieillards ? Ma damnation est de connaître une vieillesse perpétuelle, sauf à voler la jeunesse de ceux qui tombent entre mes mains. Je suis comme l'araignée qui ne bouge qu'à l'approche de la proie. Ma toile est ce fief, dont je fus jadis le seigneur, et mes fontaines de jouvence, trop rares hélas, les jeunes sots dans ton genre qui ignorent la malédiction dont je suis frappé.

– Une malédiction n'est jamais définitive, tenta d'argumenter Kendhil.

– La mienne, si. »

L'elfe déchu approcha de sa victime, si près que celle-ci sentit son haleine sans vie lui glacer le visage.

« Pardonne-moi, jeune Kendhil, murmura-t-il en lui posant une main compatissante sur l'épaule. Grâce à toi, je vais retrouver pour quelque temps une figure plus... (il grimaça un sourire de fausse contrition) humaine. »

Kendhil vit luire dans la bouche du monstre de redoutables canines. Il préféra fermer les yeux et demander pardon à Karlo de ne pas l'avoir écouté. Son repentir fut brusquement interrompu par un formidable rugissement qui résonna dans la citadelle. L'elfe noir se redressa, balaya tout l'horizon sans rien voir de suspect.

« Qu'est-ce que c'est ? »

Le Sentinelle ne put retenir un rire, avant de répondre :

« Mon aigle ! »

La créature lui jeta un regard interrogateur, puis sursauta quand jaillit au-dessus de la tour un formidable oiseau rouge feu. Ses immenses ailes claquant comme des fouets, il se posa sur la plate-forme et, sans coup férir, cueillit dans sa gueule l'elfe noir qui n'émit ni plainte ni cri de douleur.

« Qu'èche que j'en fais ? » demanda le dragon sans desserrer les mâchoires.

Encore sous le coup de l'émotion, Kendhil resta plusieurs secondes sans savoir quel sort réserver à ce monstre suceur de jeunesse.

« Ce que tu veux, pourvu que je ne le voie plus, finit-il par répondre.

– Alors ferme les yeux », recommanda Karlo.

L'elfon obéit, entendit un bruit sourd d'os broyés, puis de déglutition. Il y eut encore un claquement de dents, un souffle...

« Mouais, un peu rance, la bête. C'est bon, tu peux regarder. »

Kendhil rouvrit les yeux. De l'elfe déchu, ne restait qu'une massue abandonnée sur le sol dallé. Le Sentinelle accueillit son alter ego, non pas en lui offrant un visage reconnaissant, mais avec la mine renfrognée d'un compagnon lâchement abandonné qu'on daigne enfin rejoindre.

« Tu n'as rien à me dire ? demanda Karlo, qui avait soigneusement replié ses ailes sur son dos, montrant ainsi qu'il n'était pas pressé de repartir.

– Tu sais fort bien ce que j'ai à dire, et à redire. Mais comme un Sentinelle doit savoir pardonner, je te pardonne les inquiétudes que tu m'as causées.

– Monseigneur est trop bon, minauda le dragon en inclinant avec servilité son énorme tête. Sachez tout de même que moi, je me suis fait un sang d'encre, au point que j'en ai eu des ballonnements et des aigreurs d'estomac. Et voilà que vous me faites croquer une bizarrerie qui avait un goût de bois mort. »

Kendhil baissa la tête pour dissimuler son envie de rire. Il la releva pour demander :

« C'est oublié ! Et si tu me délivrais, que je puisse enfin te prendre dans mes bras ? »

Karlo feignit de paraître surpris.

« Te délivrer ? Voyons, je ne voudrais point intervenir d'une quelconque façon dans le déroulement de ton voyage... initiatique, ai-je cru comprendre.

– C'est pourtant ce que tu viens de faire, il me semble.

– En croquant ce malappris ? Pas du tout ! Je passais par là par hasard, quand j'ai repéré cette proie qui sur le coup m'a paru appétissante. Et alors, que vois-je, ô surprise, mon vieil ami Kendhil ! »

L'elfon émit un soupir de lassitude.

« Si on en venait directement à la conclusion, dit-il. Es-tu enfin décidé à m'amener sur le plateau d'Hélion, ou comptes-tu continuer à jouer à cache-cache avec moi, jusqu'à ce que cette histoire tourne mal ? »

Le dragon évita le regard de son compagnon. Scrutant l'horizon vers le sud, il répondit :

« Kendhil, tu sais pourtant combien je redoute ce retour. Ils ne me reconnaîtront pas et nous tueront tous les deux.

– Comment peux-tu l'affirmer ? » rétorqua le Sentinelle.

Karlo le dévisagea.

« Parce que je viens de là-bas. Mais si tu es prêt à prendre ce risque, moi aussi. »

Kendhil aurait dû sauter de joie ; cette réponse ne fit que lui causer de l'anxiété. Une nouvelle étape du voyage commençait, et il pressentait que la prochaine épreuve serait à l'image de la férocité des dragons d'Hélion, redoutable !

« Délivre-moi, s'il te plaît, demanda-t-il. Je dois retourner dans la cité récupérer ma dague, puis nous partirons.

– Je t'attends là », répondit Karlo.

Très vite de retour au sommet du donjon, Kendhil ramassa ses denrées, les remit dans son havresac, puis grimpa avec souplesse sur le dos de son dragon.

« Je suis prêt, annonça-t-il.

– Une question, s'il te plaît, pour quel trésor fabuleux allons-nous périr ?

– Je n'en ai pas la moindre idée ! »

Kendhil huma avec bonheur le vent de la liberté qui s'engouffrait dans sa chevelure. Il sentait enfin les chatouillis de l'enthousiasme lui gonfler le cœur. Et il poussa son cri de guerre :

« YAHAA, Karlo ! À nous le ciel ! »

• 7 •

KARLO RETROUVE LES SIENS

Il ne leur fallut guère plus du reste de la journée pour arriver en vue de l'horizon brumeux derrière lequel s'étendait le mythique pays d'Hélion, un plateau rocheux surélevé de quelques centaines de mètres. La région qu'ils survolaient était une vaste plaine alluviale, en grande partie couverte d'une forêt dense. Kendhil l'admirait, tout en se réjouissant de ne pas avoir à la traverser à pied. De place en place, elle était trouée d'un village ou d'une cité fortifiée que reliait parfois une route, marquant de son sillon l'uniforme couvert végétal. Le crépuscule s'annonçant, le Sentinelle jugea sage de proposer une halte pour la nuit.

« Volontiers, répondit Karlo, mais où veux-tu que je me pose ? »

Effectivement, à dix lieues à la ronde, s'étendait une mer moutonnante de sombres frondaisons.

« Là-bas ! s'écria soudain Kendhil. Un quart vers l'ouest ! »

Il désignait un piton rocheux crevant la forêt, au sein d'un massif de collines.

« Rassure-moi, tu ne comptes tout de même pas que je me pose sur une patte et reste toute la nuit en équilibre sur cette dent ?

– Non, tu m'y déposes simplement.

– Et moi ?

– Regarde au bas de ce roc, les arbres sont tout rabougris. Tu n'auras qu'à les piétiner un peu... Oooh ! »

Vexé qu'on lui suggère de préparer sa litière comme un animal domestique, Karlo avait viré brutalement sur la droite, puis piqué sur l'aiguille rocheuse. Une fois au-dessus, il effectua un looping qui surprit son passager et le projeta en l'air, cul par-dessus tête.

« Karlooo ! »

Le dragon acheva son acrobatie en le récupérant au vol par une jambe, avec l'une de ses pattes postérieures. Ensuite, battant vigoureusement des ailes, il se stabilisa en aplomb du piton dont le sommet formait une étroite plate-forme, puis y déposa délicatement son ami.

Il reprit de la hauteur en lançant :

« Bonne nuit ! »

Kendhil ne devait pas le revoir avant le matin.

Assis à même la roche brune, les genoux repliés contre sa poitrine, le Sentinelle observait la ligne d'horizon du côté du plateau d'Hélion. Les derniers rayons du soleil couchant rosissaient les brumes lointaines. Fatigué de se poser des questions et de ruminer les événements du jour, il fit taire ses pensées et se mit en état de contemplation. L'apaisement le fit bientôt glisser vers la somnolence elfique, jusqu'à ce qu'il distingue un minuscule point noir qui venait d'émerger au-dessus des vapeurs roses. Sur le coup, il crut qu'il s'agissait d'un oiseau, sans réaliser dans son état de demi-conscience que sa taille devait dépasser celle de Karlo. L'animal volant fut bientôt rejoint par trois autres, qui entamèrent avec lui un ballet ressemblant à s'y méprendre à celui des aigles d'Oriadith, lorsqu'ils jouent avec les courants ascendants.

L'elfon ferma les yeux et se mit à rêver qu'il s'agissait de dragons d'Hélion...

Au petit matin, comme promis, Karlo était de retour. Il se positionna avec précision au-dessus du piton rocheux, de manière à permettre à son alter ego d'agripper sans risque l'une de ses pattes puis, avec une agilité d'écureuil, de prendre place sur son dos. Il s'éleva ensuite jusqu'à gagner une altitude respectable, où l'air était d'une fraîcheur piquante mais vivifiante.

« Comment te sens-tu ? s'enquit Kendhil.

– Tendu, répondit Karlo.

– Moi aussi. »

Ils planèrent un moment, sans se résoudre à prendre la direction du pays des géants ailés.

« Les as-tu vus, hier soir ? » finit par demander Karlo.

Kendhil comprit qu'il faisait allusion à ses congénères aperçus au couchant.

« Oui. Quelle est ton idée ?

– J'ai pensé que nous pourrions tenter une approche, jusqu'en bordure du plateau, afin de tâter le terrain. Si nous devions être attaqués, il serait toujours temps de battre en retraite, et de rentrer à Oriadith. »

Disant cela, Karlo tourna la tête pour, du coin de l'œil, scruter la réaction de son alter ego. Mais son mince espoir fut déçu, car Kendhil restait plongé dans ses préoccupations.

« Faisons comme cela ! approuva finalement l'elfe. Nous survolerons le bord de ce monde et, si tout va bien, nous pousserons un peu plus loin l'exploration. »

En trois puissants coups d'ailes, Karlo vira dans l'axe de son pays natal et prit de la vitesse.

À l'approche du but, Kendhil sentit le dragon gagné par une émotion grandissante. Ses battements d'ailes étaient moins réguliers, il émettait des grondements, parfois même agitait la tête, comme lorsqu'il était contrarié et sentait monter en lui la pression d'un geyser de colère. La frontière d'Hélion était un escarpement de plusieurs centaines de mètres, si nettement découpé qu'il semblait être la conséquence d'un soubresaut de quelque titanesque monstre souterrain. En bas comme en haut, ce n'était que jungle et humidité. Les brumes stagnantes ne permettaient pas de distinguer clairement la configuration des lieux. Sans doute aurait-il fallu s'élever davantage et s'aventurer au-dessus de ces terres hostiles, mais l'elfe n'osa pas le demander à son compagnon.

« On comprend pourquoi ton Magicien est venu se réfugier là, déclara Karlo. Même moi, je n'oserais pas y poser une patte.

– C'est vrai, approuva pensivement Kendhil, qui commençait à douter de pouvoir trouver là le moindre indice utile à sa quête.

– Si tu savais au moins ce que tu cherches, reprit Karlo.

– Une trace.

– Une trace de quoi ?

– De moi. Du moins quelque chose qui ressemble à un début de piste. Que veux-tu que je te dise ? Je n'ai rien d'autre à espérer. »

Le dragon rouge décida alors brusquement de prendre de l'altitude, puis de piquer vers l'est.

« Karlo, qu'est-ce que tu fais ?

– Une grosse bêtise, mais tant pis. Je déteste la lâcheté. »

Avant peu, ils avaient dépassé la ceinture de brume et découvraient le visage d'un monde absolument fabuleux !

« Mille feuilles ! Ouf ! C'est... inattendu », souffla Kendhil.

Le pays d'Hélion, qu'on aurait pu croire plat, était en fait très accidenté. Il était hérissé de montagnes rocheuses, aussi pointues et échancrées que les Crocs d'Oriadith, mais dont les pitons les plus élevés dépassaient à peine les 800 ou 900 mètres. Entre ces élévations s'étendaient des vallées verdoyantes de toutes dimensions, souvent traversées de ruisseaux torrentueux. Nombreuses aussi étaient les grottes naturelles percées dans la roche grise, certaines crachant parfois une somptueuse cascade. Kendhil avait la déroutante impression qu'il contemplait un « vaste monde miniature ».

« Alors, Karlo, que penses-tu de ta terre natale ? demanda-t-il.

– Je suis habitué à plus grandiose, mais bon... C'est plutôt mignon. »

L'elfe sourit ; en langage Karlo, cela signifiait qu'il était émerveillé.

« C'est curieux, on ne voit aucun de tes congénères, s'étonna-t-il après quelques minutes de vol silencieux.

– Mes congénères, comme tu dis, sont des nocturnes.

– Ah oui ? Pourquoi ne l'es-tu pas, toi ?

– Devine », grommela Karlo.

En devenant l'alter ego d'un elfe diurne, il avait naturellement dû s'adapter. Cela n'avait pas eu que des inconvénients, puisqu'il était devenu du coup presque aussi à l'aise en vol de nuit que de jour. Dans une relative quiétude, ils survolèrent ce paysage étonnant quand soudain, d'une ligne de crête sur leur droite, surgit un dragon rouge.

« Karlo ! Un tiers au sud ! s'écria Kendhil.

– J'ai vu. Tant qu'il est seul, nous n'avons rien à craindre. Laissons-le approcher. »

Le dragon d'Hélion s'éleva à la même altitude que les visiteurs, puis entreprit un large contournement, comme pour les examiner sous toutes les coutures.

« Tu devrais peut-être lui adresser un signe », suggéra Kendhil.

Karlo n'approuva pas, mais quelques secondes plus tard, il poussait un cri rauque et bref. Son congénère battit plus vigoureusement des ailes, comme s'il avait voulu prendre de la hauteur pour une attaque en piqué.

« Qu'est-ce qu'il fait ? s'inquiéta Kendhil.

– Je l'ignore. Ça ressemble à une manœuvre d'intimidation.

– Est-ce qu'il comprend notre langue ?

– S'il n'a pas côtoyé des bestioles dans ton genre, ça m'étonnerait.

– Je pourrais essayer de m'adresser à lui en langue elfique. Toutes les créatures vivantes la comprennent. »

Ce mode de communication se situe sur un niveau vibratoire que peu, en dehors des elfes, sont capables d'atteindre. C'est en principe une aptitude naturelle chez les Sentinelles, qu'un simple apprentissage dans l'elfance permet de maîtriser. Pour une raison mystérieuse, Kendhil faisait exception puisqu'il n'était jamais parvenu à placer sa voix correctement pour émettre les phonèmes elfiques.

Avec tact, Karlo se garda de le lui rappeler, mais il voulut savoir :

« Pour lui dire quoi ?

– Que nous venons en amis et ce que nous cherchons. »

Kendhil n'eut pas le temps de tenter cette prise de contact, car le dragon d'Hélion poussa un rugissement qui n'avait rien d'amical. Peu après, à l'entrée d'une des grottes, apparut un spécimen de son espèce encore plus gigantesque que lui. Ce nouveau venu scruta le ciel un moment, sans bouger puisqu'il n'y voyait que deux dragons d'Hélion jouant à se défier dans les courants ascendants. Il finit tout de même par décoller.

« Je crois qu'il va falloir prendre le large », avertit Kendhil.

Devant l'absence de réaction de son alter ego, qui planait comme si de rien n'était, il insista :

« Karlo, il faut partir ! Tu m'écoutes ?

– Oui. Tais-toi ! Et accroche-toi. »

L'elfon obéit, en s'allongeant et en glissant les doigts sous deux écailles du cou de son ami, pour s'y amarrer fermement. Un rugissement résonna en dessous d'eux. Un troisième dragon était en approche. Il se positionna à l'arrière de Karlo qui se retrouvait ainsi cerné. Ce dernier poussa une suite de glapissements et de grondements pour rassurer ses congénères, mais ceux-ci lui répondirent par des vociférations sans ambiguïté. Karlo cessa de planer et se remit à battre des ailes à un rythme soutenu. Cela lui permettait de tourner la tête de droite et de gauche, et ainsi d'observer plus efficacement le comportement de ses potentiels agresseurs. Soudain, l'un d'eux lança une attaque en poussant un cri strident destiné à tétaniser de terreur l'adversaire. Mais Karlo était aussi bon chasseur que lui. Il replia les ailes d'un coup et se laissa chuter comme une pierre. Ayant pris suffisamment de vitesse, il les redéploya, effectua une magistrale remontée qui lui permit d'échapper de justesse aux griffes de son poursuivant. Les deux autres dragons d'Hélion ne se contentèrent pas d'observer la passe d'armes, ils fondirent à leur tour sur l'intrus. Il s'ensuivit une course-poursuite aérienne dont Kendhil ne vit pas grand-chose, trop concentré qu'il était pour ne pas être éjecté de son destrier volant.

Un choc d'une violence inouïe le fit quand même lâcher prise, heureusement d'une seule main. L'un de leurs agresseurs était entré en collision avec Karlo. Légèrement étourdi, ce dernier perdit un peu d'altitude. C'est alors qu'un autre dragon arriva par la gauche.

« Karlo ! Attention, deux tiers ouest ! »

Son ami bascula vers la droite et évita ainsi que l'ennemi lui déchiquette l'aile, mais les puissantes mâchoires de l'agresseur se refermèrent sur sa cuisse gauche, lui tirant un assourdissant hurlement de douleur.

« Kendhil, nous sommes perdus ! » lança-t-il ensuite.

Jamais l'elfon n'avait perçu une telle détresse dans la voix de son alter ego. Saisi de panique, il se redressa et poussa un appel en langue elfique, du moins essaya-t-il. Les dragons d'Hélion ne comprirent sans doute pas le message, mais ils furent tout de même assez troublés pour renoncer à la mise à mort de ce congénère étranger. L'un d'eux vint voler à la hauteur de Karlo et le considéra longuement d'un regard d'une effroyable sévérité. Puis il lui adressa une suite de grondements modulés, dont Kendhil crut comprendre le sens général.

« Il nous demande de partir, c'est ça ? dit-il.

– Non. Il me reproche d'avoir passé un pacte avec des humains, rectifia Karlo d'une voix hachée par la souffrance.

– Mais je ne suis pas humain ! répliqua Kendhil. Dis-le-leur !

– Ce n'est pas toi... Ils le croient, parce que je parle la langue d'Isuldain. »

Karlo émit une plainte dont semblèrent tenir compte les trois dragons d'Hélion, puisqu'ils se retirèrent, mais en promettant que si les intrus devaient à nouveau survoler leur territoire, ils ne feraient cette fois pas de quartier.

• 8 •
UN FORGERON POUR SAUVER KARLO

Karlo était en difficulté.

Sa blessure à la cuisse saignait abondamment et il fallait qu'il se pose d'urgence, mais surtout pas dans la mer verte de cette jungle qui s'étendait au pied du plateau d'Hélion.

« Je n'en peux plus, Kendhil, gémit-il.

– Courage, on y est presque ! » l'encouragea son compagnon.

L'elfon avait remarqué une immense trouée au sud, où la falaise de pierre était rompue par une profonde faille. Karlo perdait de l'altitude à mesure que ses forces déclinaient, mais il était désormais assuré d'y arriver.

« Elle est bizarre, ta clairière, fit-il remarquer.

– On dirait des champs cultivés. Oh, regarde, il y a une ville ! La chance est avec nous ! »

Kendhil exultait, car il voyait, dans cette trace de civilisation, un espoir de trouver l'indice qu'il était venu chercher en cette contrée perdue. Pour Karlo, il en allait bien sûr autrement :

« J'espère que ce ne sont pas des humains », grommela-t-il.

Car, pour lui, c'était l'espèce animale la plus à craindre.

Une cascade, tombant des hauteurs du plateau d'Hélion, à la commissure de la faille, alimentait un torrent aux eaux vertes qui roulait jusqu'au bourg avant de le traverser. Sans château ni rempart, ce dernier ne rassemblait qu'une centaine d'habitations, uniformément grises. Le long de la muraille rocheuse, une large bande de terre avait été défrichée pour créer des pâtures et cultiver diverses céréales. Quelques silhouettes bipèdes se déplaçaient, çà et là, des humains à n'en point douter. Kendhil s'interrogeait sur la présence de cette population en un site aussi isolé, quand soudain Karlo s'écria :

« Accroche-toi, je vais atterrir sur trois pattes ! »

Le dragon choisit un pré, où il provoqua la fuite beuglante des quelques bovins qui pâturaient. À peine eut-il touché terre qu'il ordonna à son ami de descendre, après quoi il se laissa choir sur le flanc droit, terrassé d'épuisement. Enfin, il put émettre une longue plainte de soulagement. Le cœur de Kendhil se serra en constatant la gravité de la blessure de son ami. Les crocs du dragon d'Hélion avaient transpercé en haut de la cuisse la cuirasse de plaques cornées, pourtant épaisses comme le pouce. Un sang pâteux rouge feu, pareil au basalte en fusion, s'écoulait de trois trous parfaitement circulaires, d'un diamètre impressionnant.

« Que faut-il faire ? » demanda Kendhil avec angoisse.

Son compagnon releva la tête pour examiner à son tour les dégâts, et fit mine de défaillir.

« Karlo ! hurla le Sentinelle.

– Ça ira, ne t'inquiète pas », le rassura son dragon.

Puis, gardant les yeux fermés, il répondit à sa question :

« Un cordonnier... ou un tailleur... ou une couturière avec de gros bras, réclama-t-il d'une voix faiblissante.

– Je vais aller au village, voir si je peux te ramener quelqu'un. »

Et l'elfon de penser que ce n'était pas gagné, car il imaginait déjà la tête de l'artisan à qui il proposerait de venir raccommoder un authentique dragon d'Hélion.

Finalement, il n'eut pas à aller au village, car le village était déjà là, massé à l'autre bout du champ. Curieusement, il n'y avait que des femmes et des enfants, essoufflés par leur course, immobiles et serrés les uns contre les autres. Ils étaient vêtus de longs manteaux de peau frangés de fourrure, passés sur une chemise de toile rouge vif ou bleu turquoise, serrée à la taille par une ceinture, dont la boucle en métal argenté représentait le plus souvent un dragon. Leur faciès révélait qu'ils appartenaient à une race d'humains comme Kendhil n'en avait jamais vu ni même entendu parler. Ils avaient la peau sombre, mais pas anthracite comme celle des orques. Leurs yeux étaient à l'inverse d'un bleu très clair, et d'une fixité presque animale, ce qui leur conférait un regard dérangeant. L'elfe les sentait davantage prudents qu'effrayés, de toute façon abasourdis par le spectacle de ce monstre rouge, échoué dans leur pré tel un bateau sur une plage. Sans doute aussi s'interrogeaient-ils sur la présence d'un adolescent au teint si clair qu'il devait leur paraître blême, aux oreilles légèrement pointues et tout de vert foncé vêtu. Kendhil retira la main de la poignée de sa dague qu'il avait saisie par réflexe, puis s'efforça d'arborer un visage amical.

« Un problème ? s'inquiéta Karlo.

– Je ne sais pas encore. Les villageois sont là.

– Demande-leur s'ils ont un tailleur ou un cordonnier musclé.

– Il faut d'abord que j'établisse le contact. Ils n'ont pas l'air trop hostile. »

Karlo releva la tête pour jeter un œil sur le groupe. Certains poussèrent un petit cri de frayeur.

« Mouais. Méfie-toi quand même. »

Kendhil avança vers eux, les saluant de la main, à la manière humaine :

« Bonjour, je suis votre ami. Et mon ami est aussi le vôtre puisqu'il est l'ami de... s'embrouilla-t-il. Bref, vous n'avez rien à craindre de nous. »

Ces gens avaient des allures de campagnards tout ce qu'il y a de plus banal, hormis leur singularité physique. Mais pourquoi n'y avait-il aucun mâle adulte parmi eux, même très âgé ?

« Vous pouvez approcher ! les interpella encore Kendhil. Mon compagnon n'est pas dangereux. Il est blessé et a besoin d'être soigné par un... »

Il s'interrompit, car les hommes arrivaient, justement, groupés et armés jusqu'aux dents ! Inquiet, Kendhil entama une prudente retraite.

« Karlo, tiens-toi prêt à repartir. »

Nullement alarmé, le dragon se contenta d'émettre un grondement d'agacement.

Les femmes et les enfants s'écartèrent pour laisser passer des soldats imberbes, coiffés d'un curieux casque à nasal, au cimier pointu, orné sur le front d'une rangée de pointes jaunâtres qui s'avéreraient plus tard être des dents de dragon. Ils étaient impressionnants de carrure, mais courts sur pattes. Kendhil leur trouva un air plus farouche que méchant, ce qui le rassura. Ils s'immobilisèrent quelques pas devant le groupe des femmes et des enfants. Quelques-uns en profitèrent pour rajuster un équipement enfilé à la hâte, l'un sa cuirasse à écailles, l'autre son casque orné d'une plume bleue, cet autre la bretelle de son fourreau d'épée courbe, qu'il portait en travers de la poitrine... Malgré leur mise barbare, ils ne devaient pas souvent guerroyer. Cela ne les rendait pas inoffensifs pour autant.

« Est-ce que vous comprenez la langue d'Isuldain ? »

Le jeune Sentinelle avait articulé sa question comme s'il s'était adressé à des étrangers, ou à des primitifs. Par décret, une langue commune avait été imposée à tout l'Empire, mais il restait encore de nombreuses communautés isolées qui ne parlaient que leur dialecte ancestral. Plusieurs hommes hochèrent la tête en guise d'acquiescement.

« Je suis Kendhil et mon ami s'appelle Karlo. Peut-on parler à votre chef ? »

Les hommes échangèrent des regards interloqués.

« Nous n'avons pas de chef », répondit enfin une voix masculine au milieu du groupe.

Comme chez les elfes, songea Kendhil, ce qui était un point positif car signe de grande sagesse.

« Est-ce que nous vous faisons peur ? » demanda-t-il.

Il eut envie de rire en voyant certaines têtes s'agiter négativement et d'autres positivement.

« Karlo est blessé, comme vous pouvez le voir. Y aurait-il parmi vous quelqu'un qui sache coudre les plaies et connaisse la science des plantes qui guérissent ?

– Haro ! s'écrièrent plusieurs voix. Haro ! Haro ! »

Un colosse dépassant d'une bonne tête ses congénères les plus costauds se présenta. Il portait sur l'épaule une lourde hache. Kendhil prit peur, mais l'homme le rassura en se présentant :

« Je suis Haro, le forgeron. »

Cette fois, c'est Karlo qui s'inquiéta. Il se redressa pour considérer la créature bipède qui approchait d'un pas résolu.

« Kendhil, essaie de lui expliquer que je ne suis pas une machine de guerre en ferraille, et que ma carapace ne se ressoude pas comme une armure. »

L'homme saisit sa hache – Kendhil porta la main à sa dague – et la planta dans l'herbe.

« Je suis aussi chirurgien », annonça-t-il.

Ensuite, sans hésitation ni peur, il s'approcha du blessé pour examiner sa cuisse d'où le sang continuait de couler en une pâte rougeoyante et fumante. Sourcils froncés, il considéra les plaies, puis il se passa une main sur le menton orné d'une minuscule barbiche pointue, une main si robuste que Kendhil ne put s'empêcher de penser que cette créature devait avoir de lointains ancêtres trolls.

« Hum, gronda le forgeron-chirurgien, il est inutile de recoudre. Un peu de fer en fusion suffira à combler ces trous. »

À ces mots, Karlo se redressa en poussant un rugissement d'épouvante.

« Du fer en fusion ! Si c'est de l'humour humain, je ne ris pas du tout ! »

Effrayé par les dangers d'un tel traitement... pour celui qui tenterait de le pratiquer, Kendhil expliqua :

« Pardonnez-moi, maître Haro, mon compagnon est un dragon d'Hélion. Certes, il est très intelligent et capable de comprendre bien des choses, mais... ça... »

Le colosse tourna vers l'elfe son visage aux traits brutaux maculé de suie, puis il rétorqua sur un ton sans réplique :

« Les dragons d'Hélion n'ont pas de système de coagulation assez efficace pour combler des plaies aussi profondes que celles-là. Votre ami va se vider aussi sûrement qu'un pot fêlé. Quant à le recoudre, ce n'est possible qu'avec un fil qui résiste aux pires acides et aux plus hautes températures.

– Qu'est-ce que vous voulez dire ? » bredouilla Kendhil, abasourdi.

En guise de démonstration, Haro ramassa un morceau de branche morte à proximité, dont il fit un bâton court. De l'extrémité de celui-ci, il recueillit un peu de sang pâteux sur la cuisse du dragon. Dix secondes plus tard, le bois prenait feu comme une torche.

« Mille feuilles ! J'ignorais que mon alter ego disposait d'un tel feu intérieur, dit Kendhil avec effarement. Tu savais ça, Karlo ? »

Le blessé se rallongea et ronchonna une approbation inarticulée.

« Les dragons d'Hélion, reprit le forgeron, nous les Kazkares, on les côtoie depuis des siècles. De temps en temps, l'un d'eux nous tombe du ciel. Nous avons appris à les remettre sur pied. Alors, soit vous me faites confiance et je vous répare le vôtre, soit je m'en vais et nous vous laisserons tranquillement veiller son agonie. Dans une semaine, il devrait être mort. »

Le choix fut vite fait.

• 9 •
LE PEUPLE KAZKARE

La « réparation » de Karlo ne fut pas une mince affaire. Car il fallut amener dans le pré un matériel considérable, à commencer par une forge miniature. Pour la population, c'était comme un jour de fête. Les enfants se battaient pour assister à l'opération au plus près, tandis que leurs parents s'affairaient à mille tâches, dont celle de s'occuper du blessé. On lui avait glissé un confortable coussin de foin sous la tête et administré, grâce à des gourdes qu'on eût cru faites spécialement pour cela, une boisson contenant un sédatif qui avait rendu le patient doux comme un agneau. Kendhil était soulagé d'une telle mobilisation, mais aussi un peu inquiet, car un elfe se méfie toujours par nature de l'agitation, surtout celle des humains.

On finit par lui annoncer que le fer était « à bonne température » et que le forgeron n'allait pas tarder à « colmater les brèches ». Cette manière de s'exprimer ne plaisait guère à l'elfon, mais au moins avait-elle le mérite d'être claire. Une femme s'approcha de lui et lui proposa aimablement de venir au bourg se restaurer, tandis qu'on s'occupait de son compagnon.

« Il est recommandé de laisser Haro travailler seul, expliqua-t-elle.

– C'est que... je préfère... »

Abandonner son alter ego entre des mains étrangères était impensable, mais d'un autre côté, Kendhil craignait que d'assister à une telle opération chirurgicale ne lui cause une trop grande émotion. Finalement, il choisit le courage à la collation et resta auprès de son dragon...

Le hurlement que poussa Karlo lorsque le forgeron coula le fer en fusion dans l'une des trois plaies se répercuta au moins jusqu'aux étoiles, en tout cas jusqu'au plus profond des cavernes d'Hélion. Kendhil manqua défaillir, tandis que Karlo mordait et déchiquetait de fureur un arbre qu'on lui avait coupé et apporté spécialement pour cet usage. Avant que le forgeron n'attaque le deuxième trou, l'elfon accepta d'aller prendre un petit remontant chez un couple du village, le doyen et la doyenne lui précisa-t-on, qui l'accueillirent fort courtoisement. Sans cesser un instant d'afficher un sourire d'amusement et de sympathie mêlés, ils lui servirent toutes sortes de denrées à manger et une curieuse boisson rouge, issue d'un processus de fermentation. Le breuvage lui tourna la tête, puis lui causa une insolite crise de fou rire et pour finir lui donna une irrépressible envie de dormir.

« C'est normal ! lui assura-t-on. Quand on n'a pas l'habitude, ça fait toujours ça. »

Kendhil se promit quand même de ne jamais plus y toucher.

Le crépuscule s'annonçait quand, l'esprit encore appesanti par ce qu'il avait baptisé le « jus malicieux », le jeune Sentinelle regagna la prairie où Karlo se remettait de son opération. Il le trouva pour ainsi dire à l'agonie, mais eut la satisfaction de constater que ses plaies étaient parfaitement bouchées et sa cuisse soigneusement nettoyée du sang corrosif, qui aurait fini par lui ronger les écailles. Le forgeron était retourné à sa forge. Il ne manquait cependant pas de monde pour veiller sur le patient et répondre au moindre de ses gémissements, surtout les enfants.

« Karlo ? Comment te sens-tu ? » s'inquiéta le Sentinelle en posant une main compatissante entre ses naseaux d'où sortait un grondement caverneux.

Le dragon ouvrit un œil quelques secondes, puis le referma.

« Devine », lâcha-t-il.

Kendhil se détendit. Tout allait bien.

« Ce forgeron a vraiment fait du beau travail, commenta-t-il d'un ton léger. Ta blessure brille comme l'une de ces pièces rondes que les humains utilisent pour commercer. »

La cuisse gauche de Karlo était en effet ornée de trois disques de métal blanc, légèrement luisants.

« Ton sauveur m'a informé que tu ne devras pas bouger pendant trois ou quatre jours, reprit l'elfon. Est-ce que tu tiendras jusque-là ? »

Le dragon émit un soupir las :

« Ai-je le choix ? »

Kendhil se retourna pour adresser un petit geste d'amitié à la dizaine de galopins en culotte courte de peau retournée, qui les observaient de loin assis sur leurs talons.

« À mon avis, tu ne devrais pas souffrir de soins négligents. Moi non plus d'ailleurs. Ils m'ont nourri et abreuvé comme un seigneur.

– Ou comme un animal à engraisser avant de le passer à la broche, plaisanta Karlo.

– Je te trouve bien ingrat. Dois-je te rappeler que tous les humains ne sont pas d'affreuses bestioles, comme tu t'obstines à le croire ?

– Bah, c'est parce que tu leur ressembles que tu dis cela », insista Karlo.

Kendhil éprouva un pincement au cœur à cette allusion, non pas qu'elle fût désobligeante, mais parce qu'elle le renvoyait à son mystère, alors que la résolution de celui-ci paraissait plus incertaine que jamais. Cela lui donna soudain l'idée d'aller questionner les anciens du village.

« Bon, je te laisse. Mais je reviendrai dormir près de toi. D'ici là, essaie de ne pas croquer un de ces tendres bambins.

– Dis donc, je ne suis pas cannibale ! » fit mine de s'indigner Karlo.

Sous-entendu : *Moi aussi, j'ai quelque chose d'humain et ne suis pourtant pas si mauvais.*

Pour la veillée, Kendhil fut reçu par les habitants sur une sorte de place de marché, couverte d'une toiture de pierre plate percée en son centre afin de permettre l'évacuation des fumées d'un foyer aménagé en aplomb, dans un grand bac rectangulaire de fonte noire. Des sièges massifs de bois brun, ainsi que de petites tables rectangulaires étaient disposés sur le pourtour de la halle. Des torches furent allumées, des victuailles apportées, ainsi que des barriques de jus malicieux, mais aussi des instruments de musique et des fleurs. Kendhil fut invité à prendre la place d'honneur, dans un grand et confortable fauteuil. On lui déposa à portée de main des fruits secs et frais et, dans de petits bols, d'autres choses bizarres à manger. Les enfants s'assirent à même le sol devant lui, tandis que les adultes occupaient les sièges qu'ils avaient tournés vers la curiosité du jour. Du coup, Kendhil se sentit comme cloué au dossier de son trône par ces dizaines de regards bleu ciel, luisant d'excitation dans un visage sombre comme la nuit. Pour un peu, il en aurait pris peur et se serait enfui. Il respira profondément plusieurs fois pour se détendre.

« Nous ferons ce soir la fête pour vous, bel étranger, lui annonça un vieil homme. Mais il faudra avant vous acquitter d'une histoire. Car nous adorons les histoires...

– Surtout celles qui font peur ! s'écria un jeune garçon.

– Je veux bien, avec plaisir, répondit Kendhil, troublé par tant de gentillesse. Mais moi aussi, j'aimerais en savoir un peu plus sur vous, et puis j'ai quelques questions... » Les visages marquèrent l'étonnement, pour ne pas dire la déconvenue.

Kendhil changea d'idée « Mais commençons par l'histoire. Ce sera la mienne et celle de mon alter ego Karlo, si vous le voulez bien. »

Il se tut, et les villageois se mirent à taper frénétiquement des mains. Surpris par ce comportement cocasse, l'elfon eut un bref rire. Puis il se souvint que, chez les hommes, c'était ainsi qu'on manifestait sa joie ou sa satisfaction. Il applaudit à son tour, puis commença son récit en s'efforçant de faire très peur aux amateurs de frissons. C'est ainsi qu'il attaqua directement par la bataille aérienne qui avait précédé l'atterrissage en catastrophe de Karlo. Cela fit grand effet sur l'auditoire qui en resta bouche bée. Kendhil avait choisi de garder pour plus tard l'objet de son voyage, car Guenth l'Ancien lui avait enseigné qu'avec les humains, il fallait savoir rester discret, sauf peut-être quand la confiance s'était établie sur des bases saines et sûres. Il était un peu tôt pour cela, mais un homme assez âgé, qui semblait jouir d'une certaine autorité, l'amena plus vite que prévu à s'expliquer :

« Seigneur Kendhil, peut-on savoir ce qui vous a amené au pays d'Hélion ? »

L'elfon ne put s'empêcher de saisir la perche ainsi tendue.

« Bien sûr ! Un homme nommé Mézandion aurait séjourné jadis quelque part dans cette contrée. C'est pour en savoir plus sur lui, et peut-être le rencontrer s'il est encore de ce monde, que j'ai entrepris ce voyage avec Karlo. »

Un silence de mort s'abattit subitement sur l'assemblée. Kendhil sentit qu'une grande frayeur avait saisi les cœurs.

« Connaissez-vous ce personnage ? insista-t-il. Il appartenait à la confrérie des Magiciens. »

L'homme qui l'avait interrogé se leva et répondit :

« Nous en avons entendu parler. Mais cela remonte à de nombreuses années. »

Le jeune Sentinelle fixa ce villageois qui avait la prestance d'un guerrier d'expérience. Une grande intelligence brillait dans son regard. Kendhil déduisit que, contrairement à ce qu'ils avaient prétendu, les Kazkares disposaient d'un chef qui n'était autre que cet homme. Celui-ci reprit :

« Mézandion était un magicien très puissant, mais il était maudit, reprit l'homme. Ceux qui l'ont aidé ont tous été frappés par sa malédiction.

– Est-ce que cela a été le cas de certains de vos aïeux ? questionna Kendhil.

– Oui, c'est pourquoi nous évitons d'aborder le sujet. »

Kendhil allait enchaîner sur une nouvelle question, mais il croisa le regard d'une femme assise près du chef. D'un froncement de sourcils et d'un léger mouvement de tête, elle lui conseilla de ne pas insister. Le Sentinelle sourit, puis lâcha :

« Vous avez raison, parlons d'autre chose… Voyons, de vous par exemple. Qui sont les Kazkares ? »

Le chef se rassit. Un autre villageois se leva pour répondre à Kendhil.

« Un peuple qui a connu de grands malheurs.

– Je vois. Vos ancêtres ont sans doute été victimes des guerres anciennes contre l'Obscur, comme tant d'autres. Nous apprenons cela, chez les elfes Sentinelles, parce que ça fait aussi partie de notre passé.

– Pas tout à fait, rectifia le villageois. Ceux qui nous ont massacrés et obligés à quitter nos terres ne venaient pas de l'Obscur.

– Ah oui ? »

Kendhil sentit monter une tension inexplicable.

« Encore un sujet à éviter, je présume, dit-il.

– Ce soir, oui. Allez, place aux chants et aux danses ! » s'exclama le chef en levant les bras.

Les sourires réapparurent sur les visages et les rires fusèrent. Kendhil aussi afficha une mine réjouie, mais à l'intérieur tourbillonnaient mille et une questions.

• 10 •
CE QU'IL NE FALLAIT PAS VOIR

Kendhil revint vers Karlo au milieu de la nuit, fredonnant et titubant. L'explication qu'il donna à son alter ego fut qu'il avait été obligé d'ingurgiter quelques gobelets de ce jus rouge « qui fait rire ».

« Je sens qu'on ne va pas faire de vieux os dans le secteur », grommela le dragon.

L'elfon ne parut pas entendre le propos. Il s'effondra littéralement dans l'herbe entre les pattes de son ami, puis se blottit contre son ventre. Karlo ramena sa queue crénelée de grandes écailles en dents de scie, de telle sorte que son protégé était comme dans une forteresse. Ainsi passa la nuit, puis la première moitié de la matinée.

Au réveil, Kendhil se plaignit d'une migraine atroce, douleur qui l'inquiéta car rarissime chez un elfe.

« Si je n'étais pas encore vivant, je croirais qu'ils m'ont empoisonné, maugréa-t-il en se prenant la tête entre les mains.

– Dès que possible, nous quitterons cet endroit, déclara Karlo. Tu n'as rien à attendre d'utile de ces engeances.

– Encore une fois, Karlo, je te trouve trop sévère. Tu n'as pourtant pas à te plaindre d'eux jusque-là, non ? »

Le dragon préféra se taire, mais n'en pensait pas moins. Un moment passa, puis il suggéra :

« Au fait, lève un peu les yeux vers les nuages. »

Kendhil s'exécuta et remarqua un point noir se déplaçant lentement sur le plafond bas de ce matin gris.

« On dirait un aigle, dit-il. Crois-tu que ce puisse être l'un des nôtres ? »

Le dragon émit un drôle de miaulement.

« Va savoir », minauda-t-il.

Kendhil haussa les épaules.

« Je vois à qui tu penses, mais je suis sûr que tu te trompes. Errindha ne s'intéresse pas à ce point à moi. Et puis, tu sais, des aigles, il n'y en a pas qu'à Oriadith. »

Se sentant tout à coup en meilleure forme, l'elfon se leva et annonça qu'il allait au village :

« Boire quelque chose », expliqua-t-il.

Karlo eut un haut-le-corps. Kendhil ajouta en riant :

« Une boisson qui redonne un tonus de dragon d'Hélion, paraît-il. Les gens d'ici appellent ça du lait de chèvre. J'ai hâte d'en expérimenter l'effet magique. »

Il s'éloigna en chantonnant et le pas léger, sous le regard inquiet de son alter ego.

L'expérience du lait de chèvre déçut quelque peu le jeune Sentinelle. Cela n'avait certes pas mauvais goût, mais le pouvoir stimulant laissait à désirer. Il remercia le couple qui l'avait accueilli pour lui offrir cette dégustation, puis prit congé. Il se retrouva dans une rue pavée, bordée de maisons de pierre brute qu'il trouvait affreusement tristes. Il regarda vers la droite par où il était arrivé. À une centaine de mètres, un pont enjambait la rivière aux étranges eaux vert jade. Assis sur le parapet, un enfant s'y livrait à une activité inconnue des elfes d'Oriadith. Il avait attaché au bout d'une branche souple un fil très fin auquel était fixé un minuscule crochet sur lequel était embroché un ver de terre, et il jetait ce dispositif dans l'eau. Les poissons étaient censés venir s'y accrocher bêtement. Kendhil s'interrogea sur les autres pratiques bizarres de ces humains, dont il agrémenterait le récit qu'il ferait plus tard de son périple à une certaine elfide Sentinelle...

Il se retourna et aperçut, s'élevant au-dessus des toits, un panache de fumée noire. Ce devait être la forge du village. Il se souvint alors qu'il n'avait pas eu l'occasion, durant la veillée, de remercier Haro d'avoir soigné Karlo, ni de le féliciter sur l'efficacité de son « traitement ». Il se mit en marche avec entrain.

L'atelier du forgeron était situé en dehors du bourg, isolé au milieu d'un terrain d'herbe rase. Sans doute l'artisan avait-il besoin de place, car ici et là étaient entreposés des socs de charrue, des outils de jardinage et de volumineux tas de pièces métalliques, sans doute destinées au recyclage. Sur des portants, étaient alignées des poutres de construction. La forge elle-même était un bâtiment carré de belle dimension. Le maître du feu était à la tâche, car à travers le porche grand ouvert, rougeoyait le foyer. Et l'on entendait les tintements de lourdes chaînes, comme dans un antre d'orques, se dit Kendhil. Il faillit renoncer, mais la curiosité le poussa à aller quand même jeter un œil dans cet endroit mystérieux. Il traversa le terre-plein et s'arrêta sur le seuil de la forge. Ce qu'il découvrit alors lui fit dresser les cheveux sur la tête.

Errindha était partie s'isoler dans la montagne, précisément sur le Parvis des aigles, désert en ce milieu de matinée. Elle s'était assise sur l'un des degrés du théâtre naturel. Les coudes sur les genoux et le menton dans les mains, elle contemplait pensivement la verte plaine du Songga, sur laquelle les brumes de la nuit peinaient à se dissiper. En vérité, son regard était ailleurs, bien loin d'ici, de côté du pays d'Hélion où elle avait envoyé Orso en mission d'observation. Jusqu'à ce jour, elle s'était refusée à espionner les pérégrinations de Kendhil, se répétant que n'étant pas plus amoureuse de lui que lui d'elle, elle n'avait aucune raison de se préoccuper de son sort. Elle avait tenu six jours...

« Orso, descends un peu, s'il te plaît, ordonna-t-elle en pensée. Je n'arrive pas à voir ce qu'il fait. »

Elle avait suivi Kendhil lorsqu'il avait quitté Karlo pour se rendre chez les humains. Il était entré puis sorti d'une maison où sans doute il avait pris une collation matinale. Elle l'avait vu ensuite hésiter, traverser le village pour se rendre devant une grande habitation carrée, à l'écart des autres, d'où s'élevait un panache de vilaine fumée noire. Il n'y était resté que quelques secondes, et maintenant il s'en éloignait à pas vifs, comme s'il avait peur.

« Oh ! »

Errindha eut un haut-le-corps en voyant par les yeux d'Orso surgir de la maison un personnage à la carrure impressionnante et à la tête couverte de poils noirs (ce devait plutôt être des cheveux, mais la créature avait une allure tellement bestiale...)

« Orso, descends encore, je veux aussi entendre », ordonna la Sentinelle à voix haute.

Le sol se rapprochait à grande vitesse, comme lorsque l'aigle fondait sur une proie. Les toits s'agrandirent, les arbres s'élargirent et Kendhil réapparut soudain. Il parcourait les rues à grands pas, se retournant fréquemment. Soudain, il leva la tête, vit Orso et sans nul doute le reconnut, car il lui adressa un bref sourire, vite dissipé par une expression de colère. Que se passait-il donc ? Dans son sillage, mi-marchant mi-courant, suivait le colosse humain, vêtu d'un tablier de cuir crasseux. Errindha s'aperçut qu'il avait une peau très sombre, telles certaines tribus humaines dans des régions où le soleil frappe plus fort qu'ailleurs.

« Revenez ! Allons, sire Kendhil, de quoi avez-vous peur ? » appela-t-il.

Mais l'elfon refusait d'obtempérer. Il allait traverser un pont de pierre, quand un villageois s'interposa, bientôt rejoint par plusieurs autres.

« Orso, pose-toi ! » ordonna Errindha qui ne voulait rien rater de la conversation qui s'engagea alors.

L'aigle choisit un pignon de toit.

« Eh bien, l'ami, pourquoi cette hâte ? » demanda le premier humain, en observant d'un œil inquiet l'atterrissage de ce formidable oiseau de proie au-dessus d'eux.

Kendhil jeta un coup d'œil affolé par-dessus son épaule, pour constater qu'il ne pouvait plus échapper à Haro.

« Rien... Je retourne vers mon ami. Laissez-moi passer, je vous prie. »

L'homme interpella le colosse :

« Haro ! Un problème ? »

Essoufflé, le forgeron répondit en approchant :

« L'étranger est venu à la forge. Il a vu… enfin, je crois qu'il a compris. »

Les autres humains eurent l'air contrarié par cette information. Kendhil tira sa dague elfique et, menaçant, s'écria :

« Laissez-moi passer ! »

Les hommes ne s'écartèrent pas. L'un d'eux interrogea ses camarades :

« Qu'est-ce qu'on fait ? »

Quelqu'un répondit par un geste pouvant signifier : « On lui saute dessus ! » Kendhil ne fut pas assez prompt pour échapper aux mains qui l'empoignèrent. Il tenta de pousser un appel de détresse à l'attention de Karlo, mais le forgeron lui plaqua son énorme patte sur la bouche.

Horrifiée, Errindha étouffa un cri dans ses mains.

« Orso, va prévenir Karlo ! »

L'oiseau prit aussitôt son envol, tout en captant un ordre lancé par l'un des agresseurs :

« Occupons-nous du dragon ! Kahra, va prévenir Héar, vite ! »

• 11 •

L'IRONIE MORDANTE DE KARLO

Karlo comprenait parfaitement la langue d'Isuldain, l'elfique comme tout le monde et un peu celle de ses congénères d'Hélion. Malheureusement, il avait encore des progrès à faire dans celle des aigles, fussent-ils d'Oriadith. Il ne s'inquiéta donc pas lorsque Orso le survola en poussant un long cri strident, puis se posa à quelques dizaines de pas, sur une souche noircie par le temps.

« Il me semble qu'on s'est déjà vus quelque part, l'interpella le dragon. Salue Errindha de ma part, veux-tu ? »

Les deux puissants prédateurs s'observèrent un moment, puis Karlo reprit :

« C'est gentil de venir prendre des nouvelles de ma santé. Eh bien, comme tu le vois, je suis... Hum, non je me trompe, ce n'est pas pour moi que tu es là, n'est-ce pas ? Mais il te faudra patienter un peu, notre intrépide voyageur est en train de s'enivrer de lait de chèvre chez les hommes... Et ça peut durer la matinée », grommela-t-il en conclusion, comme pour lui seul.

Il se redressa, puis entreprit de se dérouiller les articulations. Les pattes avant d'abord, qu'il étira tel un matou en émettant un grondement jubilatoire, puis les ailes qu'il fit battre lentement car elles étaient engourdies. Il tenta ensuite de marcher, mais sa cuisse gauche le faisait encore souffrir. Il finit par se recoucher sur le flanc avec un soupir las. Orso lança plusieurs cris d'alarme que Karlo interpréta comme de l'impatience.

« Je suis comme toi, mon pauvre ami, j'attends Monseigneur Kendhil. »

Un groupe de villageois apparut à l'entrée du pré. Karlo voulut d'abord leur présenter sa tête des mauvais jours, mais ce qu'ils lui apportaient avec de grands sourires le rendit instantanément beaucoup plus avenant.

« Seigneur Karlo, expliqua une femme mince dont la longue chevelure noire était tressée en une natte interminable. Nous venons de la part de notre forgeron qui est aussi votre soigneur. »

Derrière elle, des hommes transportaient des carcasses d'animaux prélevés sur leur cheptel.

« Maître Haro vous recommande de manger, car cela écourtera votre convalescence. Mais nous ne savons pas si ces menues denrées conviennent à votre régime. À la place, si vous préférez, nous pouvons vous apporter des choux et d'excellentes racines avec lesquelles...

– Non, non, non, c'est très bien ! » l'interrompit Karlo.

Il déglutit. La salive faisait déjà luire ses crocs redoutables. En moins d'une minute, il avait englouti toute la chair fraîche sous le regard impressionné de ses bienfaiteurs. Repu, il les remercia puis s'enquit :

« Kendhil n'est pas avec vous ? »

Les humains échangèrent des regards embarrassés. Le dragon, qui ne manquait pas de sagacité, comprit qu'il y avait anguille sous roche. Sa voix se fit grondante pour insister :

« Où est-il ?

– Au... Au village, bien entendu, seigneur dragon, répondit un jeune homme. Il est entre de bonnes mains, soyez-en sûr. (Il reçut un coup de coude d'une femme à sa gauche.) Je veux dire qu'il vous fait dire qu'il va bien et revient vous voir tantôt. »

Orso poussa un cri et s'envola. Karlo réalisa enfin que l'alter ego d'Errindha ne lui avait pas rendu une simple visite amicale. Malgré la douleur, il se dressa sur ses pattes antérieures, déploya ses ailes qui virèrent à l'écarlate, couleur de la colère. Puis il poussa un rugissement qui mit les villageois en fuite.

À des dizaines de lieues de là, Errindha écarquilla les yeux. Grâce à son aigle, elle vit Karlo se dresser et rugir de fureur. Dans un tressaillement jubilatoire, elle laissa éclater sa joie, car il ne faisait aucun doute qu'il retrouverait Kendhil, quitte à massacrer jusqu'au dernier les vils humains de ce bourg. C'est alors qu'elle vit le dragon tituber. Il gronda un long moment, la tête basse, puis il finit par s'effondrer, comme terrassé d'épuisement. La jeune elfe comprit qu'il avait été empoisonné par les offrandes de viande de ces immondes créatures bipèdes. Des larmes coulèrent sur ses joues, car bien que le dragon de Kendhil l'ait toujours effrayée, elle l'aimait comme un ami.

Orso survola le village en émettant des cris qui traduisaient la colère et le chagrin de son alter ego. Il fit assister Errindha à une scène très intrigante : de la maison carrée à l'écart du village, des hommes sortirent de lourds objets de métal noir qu'elle n'identifia pas sur le coup. Cela ressemblait à des colliers auxquels étaient fixées des chaînes, le tout forgé dans des dimensions hors norme. Se rendant compte qu'ils étaient à la taille d'un dragon d'Hélion, elle comprit à qui ils étaient destinés. C'était donc cela que Kendhil avait vu chez l'homme au tablier de cuir et qui l'avait affolé, des fers et des chaînes comme on en met aux bêtes furieuses ou aux esclaves.

« Orso, tu peux rentrer à Oriadith. Je vais voir Guenth. »

L'elfide quitta le Parvis des aigles en courant...

Elle trouva le Vénérable Guenth en pleine leçon sur les fleurs. Dans un pré, il avait rassemblé autour de lui une quinzaine d'elfants qui l'écoutaient plus ou moins, se laissant distraire par les papillons et autres curiosités volantes. Le professeur interrompit son propos pour regarder l'elfide, et devina immédiatement qu'il y avait urgence.

« Récréation ! » annonça-t-il, provoquant aussitôt la dispersion des élèves, telle une volée de moineaux.

Il s'approcha de la jeune Sentinelle, le visage interrogatif.

« Karlo vient d'être tué par des humains, annonça Errindha qui ne put retenir ses larmes.

– Par les foudres d'Oriadith, cela ne pouvait que se terminer ainsi ! Et Kendhil ?

– Je ne sais pas. Il est prisonnier, je crois. »

Le Vénérable réfléchit quelques instants avant de demander :

« Comment est-ce arrivé ?

– J'avais demandé à Orso de partir à la recherche de Kendhil. Il l'a retrouvé près du plateau d'Hélion, parmi les habitants d'un village. Je ne comprends pas qu'il leur ait fait confiance... Vénérable Guenth, il faut lui porter secours.

– Tu sais bien que les Sentinelles ne se lanceront jamais dans une expédition guerrière.

– Pourquoi, nous avons bien déjà combattu au côté de l'empereur ?

– Avec nos armes, oui, c'est-à-dire nos yeux et notre sensibilité elfiques. Nous ne savons pas combattre à l'épée, et les nôtres n'ont qu'une utilité symbolique.

– Alors alertons les chevaliers d'Isuldain ! »

L'elfe plissa une moue de perplexité, puis hocha négativement la tête.

« Ils n'interviennent que dans les conflits qui menacent la sûreté de l'Empire. Non, il faut laisser Kendhil s'en sortir seul. Je ne suis pas inquiet, car il n'y a que du côté de l'Obscur qu'on oserait ôter la vie à un elfe. Crois-moi, Errindha, si les humains avaient l'intention de tuer notre compagnon, nous pouvons considérer qu'il est déjà mort. Nous devons donc compter qu'ils finiront par le libérer et nous le retrouverons, sans doute très vite après, certes durement marqué par la perte de son alter ego, mais en pleine santé. N'oublie pas que, dans notre culture, un Sentinelle n'est propriétaire que d'une chose, de son destin, dès lors bien sûr que ses choix ne touchent pas à celui des autres.

– Mais le destin de Kendhil touche au mien ! s'exclama l'elfide.

– Oui, peut-être... Je ne sais pas. Je ne peux que te recommander la patience. Que faire d'autre ? »

Errindha garda le silence. Dans sa tête naissait une décision qu'elle prendrait sans hésiter si... En vérité, elle était déjà prise. Elle remercia le Vénérable et s'enfuit vers la forêt sous le regard attristé de Guenth. À peine avait-elle disparu que l'Ancien se secoua et marmonna :

« Cornes de papillon ! Elle ne peut pas partir comme ça ! »

Il annonça à ses élèves la fin de la leçon, puis s'en alla en pestant vers la forêt.

• 12 •

LE COUSIN SHANGSA

Au soleil couchant, Kendhil fut tiré de la cave infâme où on l'avait enfermé, puis mené poings liés dans le dos jusqu'à la prairie où gisait son dragon.

« Karlo ! s'écria-t-il en découvrant celui-ci.

– Allons, calme-toi, il n'est qu'endormi. »

L'homme au visage sévère qui venait de parler était bien le chef du clan, que Kendhil avait repéré la veille. Il ne s'était pas dévoilé « par expérience », lui avait-il expliqué, le précédent ayant été assassiné lors d'une visite d'étrangers. Au cours de cette même explication qu'il lui avait accordée dans l'après-midi, il avait révélé que les Kazkares avaient quelques comptes à régler avec les dragons rouges. C'était eux en effet qui, après la dernière guerre de l'empire contre l'Obscur, avaient chassé leur peuple hors du plateau d'Hélion, pour s'y établir à leur tour. Depuis, chaque fois que l'occasion leur était donnée de mettre la main sur un individu de cette espèce, ils lui réservaient le même sort.

« La mort ? avait déduit Kendhil.

– Non, mieux que cela, répondit l'homme qui s'appelait Héar.

– Mieux que la mort ? Je ne vois pas.

– La gloire ! »

Les révélations avaient cessé sur cette énigmatique réponse.

Karlo n'ouvrit finalement les yeux que tard dans la nuit. Autour de lui, on avait planté des flambeaux afin que le clan au grand complet puisse assister à son réveil comme à un spectacle de foire. Un poteau avait été dressé à quelques mètres de sa tête, auquel Kendhil était enchaîné. Le forgeron Haro se tenait à côté de l'elfe, sa hache aiguisée de frais sur l'épaule. Tout évoquait une mise en scène de rituel sacrificiel, ce qui n'était pas fait pour rendre le jeune Sentinelle optimiste sur leurs chances de voir se lever l'aube suivante. Sauf à pouvoir compter sur une aide providentielle. Mais laquelle ? À part les dragons d'Hélion, il n'en voyait aucune. Les convaincre d'intervenir devait être aussi simple que de demander à un troll de cesser de grogner.

Une fois remis de son sommeil artificiel, Karlo surprit tout le monde par son calme. Une seule tentative pour se lever lui suffit à se rendre compte qu'il ne pourrait pas briser les chaînes de fer qui liaient ses membres deux à deux et son cou à ses ailes, de telle sorte qu'il ne pouvait les bouger sans s'étrangler.

« Tiens, te revoilà enfin ! Alors, ce lait de chèvre, il était comment ? demanda-t-il à Kendhil en l'apercevant. Moi, ils m'ont gentiment offert de délicieux quartiers de viande, cuisinés façon "Bonne nuit, mon petit". Ces gens sont vraiment attachants, tu ne trouves pas ? »

Kendhil préféra ne pas répondre à cet accès de cynisme. Il baissa la tête de honte. Héar prit la parole :

« Dragon Karlo, regardez bien votre ami. Nous ne lui voulons aucun mal. Nous veillerons sur vous et sur lui avec la même attention, et ainsi tout ira bien jusqu'à votre départ. À moins que vous ne nous causiez des soucis, auquel cas notre forgeron se chargerait de lui couper la tête.

– Notre départ pour où ? » demanda Kendhil, qui avait appris que les humains utilisaient souvent des formules à double sens, pratique peu usuelle chez les elfes.

Le chef le dévisagea, sourit, puis déclara :

« Vous répondre n'est d'aucun intérêt pour nous et de toute façon n'allégerait pas votre attente, qui d'ailleurs ne devrait pas dépasser vingt jours.

– Vingt jours ! gronda Karlo. Vingt jours enchaînés comme ça... (Il laissa retomber sa tête de découragement.) Merci, Kendhil », maugréa-t-il pour finir.

Durant les jours qui suivirent, le dragon tenta de lancer des appels au secours en direction de ses frères d'Hélion. Quelques-uns vinrent survoler le village, suscitant de beaux moments de panique chez les Kazkares, et d'espoir chez leurs otages. Puis ils disparurent pour ne plus revenir. Entre-temps, le forgeron avait été chargé de faire taire le dragon en menaçant de lui couper la langue. Karlo n'insista pas, et plus rien ne vint perturber l'interminable défilé des heures. Seul un incident faillit tourner au drame, lorsque Karlo réussit à saisir dans sa gueule un enfant qui lui avait apporté un gros rat à manger. Sa tentative pour l'échanger contre la liberté de Kendhil fut vaine. Le chef du village fit évacuer le pré en affirmant avec détachement qu'« un enfant, ça peut se fabriquer tous les jours, pas un elfe Sentinelle ». Mais le dragon n'avait pas eu le cœur à dévorer le bambin et l'avait relâché, à la grande satisfaction de son alter ego.

Au bout de cinq jours seulement, Héar vint annoncer aux prisonniers la fin, non pas de leur calvaire, mais de leur séjour chez les Kazkares d'Hélion (ce qui supposait qu'il y en aurait d'autres ailleurs).

« Allez-vous encore nous tenir dans l'ignorance de notre sort ? demanda Kendhil avec lassitude.

– Encore un peu, oui. Je suis juste venu vous demander de... comment dire ? faire bonne figure. »

Devant l'air ahuri de l'elfe, il précisa :

« De montrer que vous être en bonne santé, quoi... »

Kendhil échangea un regard perplexe avec Karlo. Un peu plus tard, ils obtinrent la clé de cette intrigante requête. Le chef du clan revint accompagné d'un groupe d'une dizaine d'hommes de la même race que lui, reconnaissable à leur peau mate et leurs yeux clairs. Ils étaient pareillement vêtus de longs manteaux de peau leur battant les mollets et portaient l'épée courbe en travers de la poitrine.

« Tiens, voilà la famille, persifla Karlo.

– Oui, et à mon avis ils ne valent guère mieux. »

Une fois devant les prisonniers, Héar s'exclama en désignant Karlo de la main :

« C'est lui, cousin Shangsa ! Vous n'allez pas en croire vos oreilles... » Puis s'adressant au dragon : « Bonjour Karlo, je vois que vous êtes en pleine forme. Avez-vous bien dormi ? »

Un sourire empreint d'inquiétude figé sur son visage aux traits autoritaires, il attendait la réponse du mastodonte. Mais celui-ci se contenta de gronder en l'embrochant de son regard le plus terrifiant.

Héar insista :

« Voyons, Karlo, parlez ! Dites quelque chose ! »

Sans plus de résultat, car ce dragon-là était justement bien trop fin pour ne pas comprendre le manège auquel se livrait le chef kazkare. Déconfit, celui-ci s'excusa auprès de son parent, lequel affichait un air aussi sombre que sa peau. Il lui proposa alors de s'intéresser à Kendhil :

« Cet elfe nous vient d'Oriadith. Il s'appelle Kendhil et c'est un Sentinelle. Nous l'aurions bien relâché, mais il est très attaché à son dragon, et nous craignons qu'il ne veuille pas retourner seul chez lui.

– Tu as raison, cousin Héar, il ne faut pas les séparer », approuva Shangsa.

L'homme planta son regard bleu ciel dans celui de Kendhil qui le soutint avec curiosité, comme on contemple une chose bizarre dont on aimerait connaître l'origine. La confrontation silencieuse dura quelques secondes, puis le Kazkare se détourna pour exiger que Karlo parle comme on le lui avait annoncé. Héar manifesta son impuissance par un haussement d'épaules, puis déclara :

« Je crois qu'il a compris ce qu'on attendait de lui et qu'il prend un malin plaisir à me contrarier. »

Une cruelle lueur espiègle passa dans l'œil de Karlo, lequel se tourna de manière à ne donner ostensiblement que son arrière-train à voir. Le cousin Shangsa trouva l'affront amusant.

« Il est très intelligent, cela ne fait aucun doute, déclara-t-il. Un peu trop même, c'est pourquoi je ne suis pas convaincu qu'il se montrera à la hauteur de tes espérances, cousin Héar. Ce qu'il te faudrait, c'est une bête féroce, pas un animal domestique. »

À ce mot, Karlo tourna la tête en émettant un « Vronf ! » sonore, comme si une mouche l'avait piqué.

« Alors, cousin, que me conseilles-tu ? » demanda Héar avec découragement.

Le visiteur prit encore un temps de réflexion avant de donner son verdict tout en observant du coin de l'œil la réaction de l'intéressé :

« Je vais l'emmener. S'il ne convient pas, je te le renverrai en quartiers à fumer. En revanche, je m'aperçois qu'il est beaucoup plus gros que ce que tu m'avais laissé entendre. Il va falloir construire un charroi capable de supporter son poids, et surtout élargir la route jusqu'à la plaine. »

Héar retrouva le sourire et son humour mordant :

« Si nous le coupions en quartiers tout de suite, cela faciliterait le transport, non ?

– Oh, ça pour sûr ! »

Les deux hommes éclatèrent de rire, puis s'éloignèrent en se tapant mutuellement l'épaule et en prophétisant un « Jugement » qui ferait date dans l'histoire kazkare.

• 13 •
EN VUE DE LA CITÉ DE KIRAZ

Il fallut deux jours entiers à Haro, assisté d'une dizaine de Kazkares, pour fabriquer un char capable de transporter Karlo. Il comportait dix trains de roues, dont chacune était plus haute qu'un homme, et un plateau de quinze mètres de longueur sur six de large. Les ridelles étaient constituées de barreaux de fer épais comme un bras humain, reliés entre eux par des chaînes.

Quand l'engin fut amené dans le pré, tiré par deux attelages en ligne de dix bœufs chacun, Karlo se redressa, stupéfait.

« C'est pour moi ? lâcha-t-il, presque effrayé.

– J'en ai bien l'impression », confirma Kendhil.

Un pied entravé par une longue chaîne, fixée au poteau, il disposait d'une certaine liberté de mouvement. Il aurait sans doute réussi à s'évader si les Kazkares n'avaient prévu une garde permanente et vigilante.

Héar et son cousin Shangsa marchaient devant le char, fiers et parés de leurs attributs de chef de clan : tenue de guerre et boucle de ceinturon en or et non plus en argent. Derrière l'attelage, suivait une foule passablement excitée. Kendhil remarqua qu'un certain nombre d'entre eux, dont Haro, étaient chargés de ballots et de besaces rebondies.

« Je me demande bien où ils veulent nous emmener, s'interrogea Kendhil à voix haute.

– S'ils comptent me faire grimper dans leur machine, il faudra qu'ils m'y portent, et je te jure que plus d'un y laissera un morceau », gronda le dragon.

Karlo fit claquer ses puissantes mâchoires de monstre qui s'apprête à défendre chèrement sa peau. Mais il obtint le résultat inverse de ce qu'il souhaitait ; les Kazkares applaudirent, ravis de voir enfin se révéler la nature féroce de leur prise. Héar salua les captifs, puis leur annonça que l'heure était venue pour eux de changer de paysage.

« Je vous confie à notre cousin Shangsa, expliqua-t-il. C'est lui qui veillera sur vous durant le voyage. Haro en sera, ainsi qu'un certain nombre des nôtres qui l'assisteront dans sa tâche afin de prendre soin de vos précieuses personnes. Avec le reste du clan, je vous rejoindrai quand le moment sera venu.

– Le moment de quoi ? s'inquiéta Kendhil. Aucun bandit ne s'occupe de son butin, une fois qu'il l'a vendu. »

Le chef Héar se rengorgea :

« Vendu ? Pas du tout ! Nous ne pratiquons pas ce genre de commerce. Karlo appartient à notre clan et nous comptons beaucoup sur lui pour défendre nos intérêts... avec acharnement ! (Disant cela, le Kazkare tourna un regard torve à Karlo, comme s'il redoutait une trahison de sa part.) Quant à vous, seigneur Kendhil, vous pourrez retourner auprès des vôtres dès que notre dragon aura accompli son devoir...

– Quel devoir ? s'exclama l'elfon, sans parvenir à interrompre le chef.

– Qui d'une certaine manière sera aussi le vôtre, termina Héar en posant fièrement les poings sur ses hanches. Bon, je crois que nous allons pouvoir procéder à l'embarquement. »

Ce matin-là, haut dans l'azur du comté d'Edion, Orso était en mission d'observation. Errindha avait finalement quitté la forêt d'Oriadith cinq jours après qu'elle eut pris sa décision, rassurée d'avoir appris, par son aigle, que Karlo n'était pas mort, et que Kendhil était près de lui, certes maintenu prisonnier, mais en parfaite santé. Elle s'était aussi laissée convaincre par Guenth l'Ancien de ne pas partir sur un coup de tête, un tel voyage se préparant avec sérieux. Outre ses précieux conseils, le Vénérable lui avait donné une poignée de pépites d'or, métal auquel les humains attribuaient une grande valeur. « Tu pourras les négocier contre de la nourriture ou même une monture, lorsque nos amis de Kolphis estimeront s'être assez éloignés de leur territoire », lui avait-il expliqué. Car il comptait contacter ces merveilleuses créatures sauvages, pour qu'elles transportent la jeune elfide aussi loin qu'il leur serait possible. Il lui offrit plus encore, son épée, ce qui pour un Sentinelle était un cadeau insensé, quand il était fait à un congénère d'une autre lignée. De son côté, la famille d'Errindha n'avait pas ménagé ses efforts pour la dissuader d'entreprendre une expédition aussi lointaine qu'incertaine, mais elle n'avait pas obtenu plus de résultat que la famille Findhit auprès du turbulent Kendhil. Errindha avait atteint le sixième âge, celui de la maturité elfique, et n'était donc plus soumise à l'autorité des aînés, seulement à celle de ses propres choix et, forcément, à la dure réalité. Se sentant prête (à la vérité, n'y tenant plus), elle avait fini par demander à Guenth d'appeler les chevaux de Kolphis.

Cela faisait deux jours pleins qu'elle voyageait avec une petite troupe de chevaux blancs aux longues crinières soyeuses, lorsque de leur côté, les captifs virent venir à eux les Kazkares et leur char monumental enfin terminé. Il lui restait au moins six jours, rien que pour achever le contournement du comté des Oubliés et espérer les rejoindre. Elle savait que les chevaux de Kolphis n'iraient pas au-delà de la frontière séparant le vaste comté de Songga de celui d'Edion, à la limite est duquel s'élevait le plateau d'Hélion.

Alertée par Orso, elle suggéra une halte.

« Il se passe quelque chose du côté de mes amis, expliqua-t-elle. Il faut que je me concentre. »

La campagne qu'ils étaient en train de traverser était constituée d'une succession de vergers magnifiques, car tous en fleurs. Elle s'assit au pied d'un pommier puis, ramenant ses genoux sous son menton, pria son aigle de perdre un peu d'altitude ce qui lui permit d'assister à d'inquiétantes manœuvres. Les humains avaient cerné Karlo, tels des charognards un animal blessé. Après quelques minutes, Errindha se rendit compte qu'ils essayaient de lui attraper la queue, sans doute pour le tirer de force dans le char. Malgré les chaînes qui l'entravaient et devaient rendre douloureux chacun de ses mouvements, Karlo ne se laissait pas faire et envoya au tapis trois ou quatre de ces brutes. Les Kazkares changèrent alors de tactique ; ils s'en prirent à Kendhil, toujours attaché à son poteau comme un chien de ferme à un piquet. Lui non plus ne resta pas passif quand ils se jetèrent sur lui, mais il fut vite maîtrisé. Ils le portèrent jusque dans le chariot géant, où ils le pendirent par les pieds à l'un des montants. À ce supplice infâme, les hommes ajoutèrent probablement de lourdes menaces, car Karlo se résigna à claudiquer jusqu'au charroi et à y grimper. Alors, Kendhil fut attaché au cou de son alter ego, tel un pendentif vivant. Satisfaits, les humains poussèrent des cris de victoire. Le convoi s'ébranla peu après et gagna une route qui rejoignait, à travers la forêt, une plaine couverte d'immenses prairies et de bois.

Errindha suivit la première heure de ce transfert mystérieux, remarquant que pour permettre le passage de l'énorme véhicule, les humains avaient dû abattre une grande quantité d'arbres de chaque côté de la route. Un tel saccage ne pouvait que la conforter dans sa conviction que ces bandits ne valaient pas mieux que des orques, et qu'ils réservaient sûrement un sort affreux à leurs otages. Un profond découragement la saisit, qui s'accrut encore avec cette pensée : *Et dire que je suis leur seul espoir.*

Elle se leva, puis appela les chevaux partis caracoler dans le verger. Le plus proche vint spontanément offrir son dos à l'elfide. Avant d'y grimper, Errindha lui caressa affectueusement le chanfrein, puisant dans l'énergie de cette fabuleuse créature la confiance qui lui manquait pour reprendre la route.

Sans la présence de Kendhil, le voyage aurait vite tourné au drame pour Karlo ; il n'aurait pu contenir sa colère et celle-ci aurait fini par le tuer. À tout instant, son compagnon devait lui parler, le rassurer et même le distraire en lui suggérant de petites plaisanteries. Par exemple, pousser de temps en temps un formidable rugissement qui affolait les bœufs de l'attelage et leur faisait perdre temporairement leur cohésion. Ou bien le dragon passait inopinément sa queue entre les barres du char et ramenait sous les roues un rocher ou un arbre qu'il abattait sans effort, faisant brusquement stopper l'attelage, ce qui l'amusait beaucoup. Et puis, il y avait la présence permanente d'Orso dans le ciel au-dessus d'eux. Cela alimentait leur conversation et leur donnait un peu d'espoir, un peu seulement car ils savaient que les Sentinelles n'étaient pas des elfes guerriers, susceptibles de chevaucher au secours d'un des leurs. Au final, ces quelques moments d'amusement n'effaçaient pas la souffrance grandissante du mastodonte qui, de sa vie, n'était jamais resté aussi longtemps sans voler.

Et cela dura ! Des jours et des jours, à travers un paysage de surcroît plat et monotone comme l'ennui. Un matin, l'horizon vers lequel ils avançaient poussivement s'ourla de sombres reliefs, curieusement tronqués, voire pour certains creusés d'une cuvette. Plus insolite encore, quelques-uns parmi les plus lointains crachaient des fumées blanches ou grises, tout comme une cheminée.

« J'ai déjà entendu parler de ces montagnes de feu, comme on les appelle, expliqua Kendhil, qui s'était juché sur la tête de son alter ego. Dans les profondeurs de la terre, il existerait des fleuves et des lacs, peut-être même des mers de roche en fusion. Quand j'étais elfant, Guenth m'a raconté une légende où des géants se baignaient dans ces eaux incandescentes et provoquaient parfois des catastrophes en s'amusant à cracher vers la surface. »

Karlo lâcha un soupir triste en contemplant ce spectacle insolite qu'il ne pouvait survoler. En fin de journée, ils arrivèrent en vue d'une ville, qu'ils prirent d'abord pour une modeste bourgade édifiée sur les flancs d'un vieux volcan couvert de forêt. Il ne s'agissait en fait que d'un faubourg, leur expliqua Shangsa. Le reste de la cité, qui se trouvait derrière la crête, avait colonisé une vallée ainsi que les monts des alentours.

« Cette ville porte-elle un nom ? demanda Kendhil

– Bien sûr. C'est la fière cité de Kiraz, la plus

grande du pays kazkare. Vous verrez, elle est... gigantesque ! » termina-t-il en écartant les bras comme pour embrasser le panorama.

Kendhil et son dragon connaissaient une ville gigantesque pour l'avoir survolée et même s'y être posés, c'était Éa-Kyrion, la capitale d'Isuldain où vivait l'empereur. Quiconque l'avait vue, ne pouvait plus trouver aucune autre ville « gigantesque ». Pourtant, cette cité de Kiraz se révélerait être, par bien des aspects, aussi remarquable.

• 14 •
LA CITÉ DE KIRAZ

À l'approche du massif volcanique, en fin d'après-midi, le charroi s'engagea sur une route large, dont la terre battue était noire comme le charbon, bordée de sinistres champs de pierres poreuses. Elle contournait le premier mont colonisé par les habitations, pour entrer dans la vallée en auge qui abritait la cité. À mesure que la caravane progressait, une foule de plus en plus dense se massait sur les bas-côtés. De bouche à oreille d'abord, puis par une multitude de trompes aux tonalités diverses, les humains s'avertissaient de quartier en quartier de l'arrivée d'un convoi exceptionnel.

« Ça commence à devenir intéressant ! déclara Karlo, que cette agitation avait tendance à exciter.

– Crois-tu ? » marmonna Kendhil, moins confiant que son compagnon quant à la suite des événements.

Ils purent remarquer à cette occasion que le peuple kazkare ne comptait pas que des individus au teint foncé et aux yeux très clairs. Certains se distinguaient par leur peau blanche et leurs yeux foncés. Tous en revanche étaient très bruns. Les métis étaient nombreux, et il ne semblait pas y avoir de différences sociales entre ces gens, contrairement à ce qui se pratiquait dans certains comtés très primitifs de l'empire, où une race se disant supérieure aux autres s'arrogeait pouvoir et richesse, ainsi que le monopole de l'arrogance.

Après avoir circulé parmi des tours de roche rouille ou anthracite mal dégrossie – sans doute s'agissait-il d'un dispositif défensif –, le convoi atteignit une muraille édifiée en pierre de lave. D'une hauteur stupéfiante, elle formait un formidable barrage en arc de cercle à l'entrée de la vallée. Kendhil n'était pas très au fait des différents types de rempart, mais celui-là lui parut d'une conception singulière. Nul créneau ni mâchicoulis en son sommet, puisque celui-ci était arrondi et lisse, mais une multitude d'échauguettes, plus ou moins pansues, certaines comportant jusqu'à six niveaux de meurtrières.

En son centre, se dressait une ouverture en ogive, flanquée de tourelles de garde percées de dizaines de petites ouvertures carrées, permettant des tirs dans toutes les directions. Son portail monumental, pour l'heure grand ouvert, était recouvert d'un blindage de métal. Ainsi, la cité apparaissait-elle imprenable, sauf à conquérir les montagnes alentour, ce qui ne devait pas être plus aisé.

« Eh bien, soupira Kendhil, nous ne sommes pas près de sortir de là.

– En trois coups d'ailes, si », objecta Karlo.

La vérité, c'est que lui aussi avait peur et trompait celle-ci par un excès d'assurance.

La foule, qui jusque-là les avait regardés passer dans une agitation relativement mesurée, se déchaîna lorsque le charroi transportant Karlo franchit la porte de la ville en raclant chacun des deux battants. Le dragon ne put s'empêcher de pousser un rugissement de fureur qui calma instantanément les braillards... pour quelques secondes.

« Tu ne devrais pas hurler de la sorte, lui reprocha Kendhil, ça ne les empêchera pas de piailler.

– Peut-être, mais ça fait du bien », répliqua Karlo.

Malgré ses entraves, il parvint soudain à happer avec sa patte avant droite un humain un peu trop audacieux. Des cris d'effroi montèrent de la masse grouillante et cela flatta le dragon qui ne détestait pas qu'on le craigne.

« Karlo, s'il te plaît, laisse-le, le tança Kendhil. Nous avons assez d'ennuis comme ça.

– Oui, s'il vous plaît, seigneur dragon, ne me mangez pas », supplia d'une voix pitoyable le Kazkare, un adolescent vêtu d'un ensemble informe en grossière toile grise.

Karlo le considéra, comme s'il hésitait entre le dévorer ou le jeter au loin. Son alter ego décida pour lui :

« D'accord, nous te relâchons à la condition que tu nous dises pourquoi nous avons été amenés ici. »

Le jeune homme parut interloqué :

« Vous... Vous ne savez pas ? »

Karlo émit un grondement sourd.

« C'est pour le Jugement des dragons, s'empressa de révéler le garçon. Ça fait si longtemps qu'il n'y en a pas eu, qu'on a même failli oublier que ça existait dans nos traditions. Quand ceux du clan d'Héar vous ont attrapés, ils ont lancé un défi au clan Shaskaz. C'est un grand événement, vous savez, pour tous les Kazkares ! Car si vous gagnez, ceux d'Héar obtiendront, et pour longtemps, de nombreux privilèges, dont celui de posséder un dragon.

– En quoi consiste ce Jugement ? questionna Kendhil.

– C'est un combat. Celui qui survit l'emporte et son clan avec. »

Karlo releva la tête et déduisit, pour lui-même :

« Il y a donc ici un autre dragon.

– Il s'appelle Okorr et... pardonnez, seigneur dragon, mais il est très fort, enfin sûrement pas autant que vous. »

À cet instant, comme s'il saluait l'arrivée de son concurrent, une bête monstrueuse, sans doute enfermée dans quelque profonde caverne, poussa un grondement sourd. Cela provenait du fond de la vallée où les flancs de la montagne étaient couverts de maisons et de jardins en terrasse. Kendhil, qui se tenait debout à l'avant du char, perçut l'émotion de son compagnon, une vibration qui disait à la fois son impatience et sa peur à l'idée de rencontrer l'un de ses congénères, mais aussi toute l'horreur qu'il aurait à le combattre s'il y était contraint. Inconsciemment, Karlo rouvrit sa serre droite et libéra le jeune Kazkare. Titubant et fier à la fois, le jeune miraculé s'éclipsa sans demander son reste. Il adressa tout de même un mot de reconnaissance à Karlo :

« Je vous soutiendrai ! cria-t-il. Je m'appelle Kizi et je serai de votre côté, je le jure ! »

Kendhil le chercha du regard, mais ne le retrouva pas dans cette mouvante et bruyante mer de têtes. Il reporta son attention vers la ville qui s'avérait finalement assez grande, puis vers le ciel. N'y voyant pas l'aigle d'Errindha, l'idée lui traversa l'esprit qu'elle avait peut-être renoncé à s'intéresser à leur sort... Puis il haussa les épaules, jugeant cette pensée idiote.

Le convoi progressa d'abord dans un faubourg de maisons plus ou moins hautes, serrées les unes contre les autres, séparées par d'étroites ruelles rendues encore plus sombres et sinistres par les murs anthracite. Seule l'avenue rectiligne sur laquelle ils roulaient à faible allure était large et claire, jalonnée de statues représentant des guerriers en armes, sans doute des héros des temps anciens. Kendhil ne manqua pas de remarquer l'une d'entre elles, car elle figurait un dragon chevauché par un homme, un Kazkare armé d'une lance. Ils débouchèrent sur une sorte de parvis au pavage de pierre de lave. Face à eux, l'avenue était barrée par un bâtiment semblable à une muraille, plus haut qu'une maison de vingt étages, sans fenêtres, mais percé dans sa moitié supérieure par une superposition de galeries ajourées. Curieusement, l'édifice présentait une courbure trop accentuée pour qu'il s'agisse d'une seconde fortification. Il devait donc être d'un autre usage. La voie s'y engouffrait par un porche monumental, se poursuivait par une galerie assez large et haute pour permettre un passage aisé au charroi, malgré ses proportions exceptionnelles. Au-delà, les captifs pouvaient apercevoir une immense esplanade herbeuse, d'un vert émeraude lumineux qui contrastait avec cet environnement architectural d'une noirceur déprimante.

« Je me demande à quoi sert ce monument ? » s'interrogea Kendhil.

Karlo gardait le silence. Son instinct lui susurrait qu'il n'allait pas du tout aimer la réponse à cette question. Et en effet, quand ils eurent traversé la galerie dans un brouhaha assourdissant de cris et de grincements d'essieux, ce fut le choc.

« Aïe ! Je comprends mieux maintenant, déclara Kendhil. Mon pauvre Karlo, dans quel guêpier je nous ai fourrés ? »

Le dragon approuva, affligé, mais non résigné.

• 15 •
L'ANIMAL DE COMPAGNIE DE KARLO

Une fois la galerie franchie, les captifs découvrirent un site circulaire qui les laissa aussi pantois que perplexes. Les vastes gradins qui cernaient la cour ronde pouvaient accueillir des milliers d'individus qui devaient s'asseoir sur des marches de pierre noire, si polies par des générations de fesses qu'elles luisaient même dans la grisaille de ce triste jour. La partie basse de la tribune surplombait le sol à une hauteur respectable d'une dizaine de mètres. Elle était en outre protégée par de solides arceaux recourbés vers le bas, acérés comme des lances, de telle sorte que même un monstre titanesque n'aurait pu escalader le mur pour faire un carnage parmi le public, à moins qu'il ne possédât des ailes. Kendhil éprouva un frisson à la vue de ces alignements de pointes défensives d'un diamètre respectable. Karlo plus encore, qui se sentait directement concerné.

« À ton avis, à quoi sert cet endroit ? demanda-t-il.

– Ça ressemble à un théâtre. Mais j'imagine que les Kazkares s'y réunissent pour discuter ou assister à des jeux...

– Ou à des combats... de dragons », acheva Karlo d'une voix sourde.

Ils parvinrent à la même déduction horrifique : ceux qui s'affrontaient ici devaient avoir les ailes coupées.

Tandis que le convoi poursuivait sa traversée de l'arène, Shangsa vint parler aux détenus, avec un enthousiasme qu'ils ne partageaient évidemment pas.

« Comment trouvez-vous le cirque aux Jugements ? C'est là que vous défendrez notre clan, seigneur Karlo. J'espère que, déjà, vous sentez frémir d'impatience vos puissants muscles. »

Karlo baissa son énorme tête pour toiser au plus près l'homme qui perdit aussitôt son sourire. Étirant sa bouche en une grimace carnassière, il découvrit ses redoutables crocs, puis répliqua d'une voix rauque :

« Oh oui ! seigneur Shangsa, je frémis de croquer ces petites friandises bipèdes qui s'agitent autour de moi. Et quand je t'attraperai, toi, je prendrai tout mon temps pour te déguster. Un bras. Une jambe. Un autre morceau ici... hum ! Et je finirai par la tête ! »

Il enchaîna sur un rugissement qui terrifia l'humain et le fit déguerpir. En d'autres circonstances, Kendhil eût sans doute éclaté de rire, mais le contexte ne lui donnait qu'une envie : fuir au plus vite et au plus loin.

Le convoi ayant traversé l'esplanade circulaire, il s'engagea sous l'autre galerie. Kendhil explora le ciel du regard, mais n'y vit qu'un vol de corbeaux de sinistre présage.

Orso n'était pourtant pas très loin. Quelques minutes plus tôt, il survolait encore la cité de Kiraz, focalisant son regard sur ce monument circulaire, et tout spécialement sur sa cour intérieure que traversait le charroi transportant Karlo et Kendhil. Errindha avait chevauché jusque-là aussi vite que son cheval le pouvait. Elle avait échangé dans une ferme cette monture à robe brune, qu'elle trouvait horriblement poussive, contre une pépite d'or. Le paysan humain tenta bien de lui en extorquer deux ou trois de plus, mais il avait suffi qu'elle dégaine sa lame elfique pour que le filou se hâte de conclure l'affaire. S'il avait su que la jeune Sentinelle ne savait pas plus manier ce genre d'arme qu'un troll des neiges une aiguille à broder, il aurait sûrement réagi autrement. Elle avait bénéficié cette fois-là de la réputation d'extrême vélocité des elfes. Ce ne serait pas toujours le cas...

Son coursier commençait à montrer des signes de fatigue, et elle, à prendre conscience qu'il ne s'agissait pas d'un cheval de Kolphis, dont l'endurance et la puissance étaient inégalables.

« Arrêtons-nous », décréta-t-elle soudain.

Mais le brave animal continua de galoper.

« Nous faisons une halte ! » cria-t-elle, sans plus de résultat.

Elle se dit avec agacement que cet animal était vraiment d'une grande bêtise. Mais une intuition lui suggéra qu'il devait plutôt ne pas comprendre la langue courante d'Isuldain. Elle lança donc son ordre en elfique et obtint une si prompte obéissance qu'elle faillit en être désarçonnée.

« Ouf ! Je retire ce que j'ai pensé, tu n'es pas si... enfin, disons que tu es un cheval normal et que dans ta catégorie, tu es courageux et bien assez endurant. »

Le cheval secoua la tête en hennissant, mais Errindha ne fut pas sûre qu'il avait compris son propos. Elle sauta à terre et observa le paysage qui les environnait : à sa droite s'élevait une ligne de dunes de sable en partie conquises par des bosquets d'arbustes et de grosses touffes d'herbe. Au-delà s'étendait un lac aux belles eaux bleues qu'elle avait aperçu de loin, en quittant le couvert d'une vaste forêt. À gauche, son regard se perdait sur une savane plane, piquetée de végétation rude, laissant deviner que ces terres étaient régulièrement balayées par des vents violents. Face à elle, à l'est, l'horizon vers lequel elle galopait était barré par une chaîne d'étranges montagnes au sommet noir et tronqué, dont certaines crachaient des panaches de fumée. Ce mystère ne la préoccupa pas longtemps, car seuls lui importaient son ami Sentinelle et son alter ego. Grâce à Orso, elle avait pu se faire une idée assez précise de leur situation : les humains les avaient ramenés dans leur nid, telle une araignée sa proie, non pour les dévorer mais les vendre au meilleur prix à d'autres créatures avides dans leur genre.

Elle aperçut un arbre dont la majesté lui plut, et alla s'y percher pour y méditer tout en contemplant les environs. Elle n'avait pas compté les jours depuis son départ d'Oriadith, mais il lui semblait avoir parcouru la moitié de l'Empire. Son corps appelait le repos, alors que son esprit gardait la même fougue. Il lui fallait lutter contre elle-même pour ne pas pousser ses limites au-delà du raisonnable, comme elle l'avait fait bien égoïstement pour son cheval.

Elle décida de passer le restant du jour, ainsi que la nuit suivante, dans cet endroit calme et dégagé. Elle en profiterait pour réfléchir à ce qu'elle ferait lorsqu'elle arriverait aux portes de l'immense agglomération, nichée au creux de la montagne, derrière un colossal rempart en arc de cercle.

Après un périple animé et interminable à travers la ville, le convoi s'engagea sur une nouvelle avenue rectiligne, bordée de hautes maisons dont les façades anthracite étaient autant de visages austères. Un service d'ordre, sorti à la hâte de quelque caserne, arriva à ce moment-là pour contenir la foule et l'empêcher de suivre le charroi jusqu'à sa destination. Celui-ci y parvint bientôt car il s'immobilisa. Ensuite, durant un long moment, dans un silence presque inquiétant, plus rien ne se produisit. Karlo et Kendhil, juché debout sur son dos, observaient le portail monumental devant lequel ils étaient arrêtés. Les vantaux plaqués de fer noir étaient clos. Au-dessus, s'élevait la pente abrupte de la montagne, sur laquelle étaient parvenus à s'accrocher des sapins et des plantes de rocaille. C'est seulement à l'approche du sommet que des habitations et des tours de guet avaient été édifiées. Soudain, il y eut un claquement violent, comme si l'on avait cogné contre la porte, suivi d'une série de raclements, grincements de poulies, grelottements de chaînes... Jusqu'à ce qu'enfin les battants de l'huis s'écartent.

« Kendhil, je n'aime pas du tout cet endroit », déclara Karlo.

La colère et la peur faisaient vibrer tout son corps.

« Moi non plus, mais j'essaie de garder mon calme.

– Tu es un elfe. Un dragon ne sait pas faire cela.

– Un dragon ordinaire, non, convint Kendhil, un dragon d'Hélion, déjà un peu plus. Quant à Karlo d'Oriadith, lui, il sait se maîtriser ! »

L'intéressé émit un grondement que Kendhil sut interpréter ; c'était un rire. Il avait touché son ami à son point le plus sensible, la fierté d'être un spécimen unique en son genre. Mais cet apaisement restait superficiel, et l'elfon craignait plus que jamais que son compagnon cède à une colère dévastatrice.

Douze gardes kazkares apparurent. Grands, musclés et, curieusement, blancs de peau. Ils étaient armés de piques de fer et ne portaient pour tout vêtement qu'une culotte courte en cuir brun. Leur chevelure noire était tressée en une courte natte huileuse. Shangsa se porta au-devant des nouveaux venus, parmi lesquels il était impossible de distinguer un supérieur hiérarchique. De fait, le chef d'expédition s'adressa à tous :

« Je vous le confie, mais gare ! Il est malin, beaucoup plus que l'autre. Si vous me l'abîmez, je le signalerai aux juges, et le dragon du clan Shaskaz sera pénalisé. »

Gardant le silence comme s'ils étaient sourds ou idiots, les gardes avancèrent et remplacèrent les conducteurs et l'escorte de l'attelage. Alors que le chariot s'ébranlait à nouveau, Shangsa s'écria :

« Attendez ! Il faut que je récupère l'elfe. »

Les gardes manifestèrent leur étonnement par des échanges de regards. L'un d'eux leva le nez pour considérer Kendhil qui, du haut de son alter ego, montrait qu'à l'évidence il ne comptait pas en bouger. Intérieurement, il craignait le pire, mais il était prêt à se battre si nécessaire. Les Kazkares, sans doute trop confiants dans la solidité de la chaîne qui le liait au cou de Karlo, lui avaient laissé sa lame.

« Qu'est-ce que c'est ? questionna l'un des gardes.

– Son animal de compagnie, répondit Shangsa.

– Attention à ce que vous dites ! protesta Kendhil.

– Taisez-vous et laissez-moi traiter cette affaire comme il se doit, répliqua le chef kazkare.

– Il n'y a rien à traiter, répliqua l'elfon. Si nous sommes séparés, Karlo et moi, nous mourrons, tous les deux ! »

L'homme eut un haut-le-corps, puis il plissa des yeux comme s'il humait la ruse grossière :

« Comment ça, mourir ?

– Vous ne savez donc pas cela ? feint de s'étonner Kendhil. Un elfe Sentinelle et son alter ego sont aussi indissociables qu'un... qu'un corps et sa tête ! »

Karlo se tordit le cou pour dévisager son compagnon.

« C'est qui, le corps ? gronda-t-il.

– Vous ignorez ce qui vous attend là-dedans, tenta d'argumenter Shangsa. C'est... »

Sa grimace suffit à laisser deviner la fin de la phrase, mais pas à convaincre Kendhil.

« Et puis, après tout, ce n'est pas mon problème, grommela pour finir le Kazkare. Qu'ils restent ensemble, puisqu'on ne peut faire autrement. Je vous rendrai visite plusieurs fois par jour, afin de m'assurer qu'on s'occupe bien de vous. Si vous avez le moindre grief à l'encontre de vos palefreniers, ne vous privez pas de me le rapporter. Nous sommes d'accord ? »

Surprenant tout le monde, Karlo étendit tout à coup sa patte avant droite à travers les barreaux de la cage mobile, et saisit à pleines serres un garde blanc qui avait commis l'imprudence de se planter à sa portée. Il l'attira à lui sans ménagement, indifférent à ses hurlements de terreur.

« Tu ne m'as pas répondu, Kendhil ! Suis-je la tête ou le corps ? demanda-t-il en lorgnant sa proie comme s'il s'agissait d'une friandise d'un genre nouveau. »

L'elfe sut que sa réponse déterminerait la partie de l'humain que dévorerait son ami. Une fois encore, il fallait ruser :

« Si tu étais la tête, tu éviterais de faire du mal à cet homme, car tu saurais que les autres t'en voudraient à mort et nous maltraiteraient encore plus cruellement. À l'inverse, si tu étais le corps, puisque tu ne serais qu'un monstre écervelé, tu le dévorerais et nous en subirions bêtement les conséquences... À toi de voir, en somme. »

Karlo sembla approuver, mais tira sa propre conclusion :

« Alors je le garde. Il sera mon animal de compagnie, jusqu'à ce que je change d'avis. »

Il ordonna ensuite lui-même de faire repartir le convoi.

• 16 •

UNE ELFE À KIRAZ

Errindha parvint en milieu de journée en vue du rempart de la ville noire. Elle avait mis pied à terre et s'était assise en tailleur sur un pli de terrain pour observer les allées et venues, là-bas, à moins d'une demi-lieue, devant l'entrée de cette ruche qu'elle trouvait plus sombre et repoussante à mesure qu'elle approchait. L'angoisse la tenaillait, car Orso n'avait cessé de survoler la ville depuis l'aube, jusqu'à risquer de se faire remarquer, sans parvenir à repérer Karlo et Kendhil. Sans doute, les captifs avaient-ils été enfermés dans quelque caverne sous l'une de ces affreuses montagnes. Ne pas savoir où précisément ni comment les rejoindre pour les délivrer mettait à rude épreuve le moral de la jeune elfe, sans entamer pour autant sa détermination.

Elle chassa toute mauvaise pensée et se concentra sur l'observation de la haute porte, par laquelle elle comptait passer avant la fin du jour. Une route y menait, venant du nord et assez peu fréquentée, ce qui n'allait pas faciliter une entrée discrète. Certes, la plupart des comtés de la région étaient en paix, dont celui-là à sa connaissance – et le seul fait d'être un elfe valait pour sauf-conduit dans toutes les cités de l'Empire – mais les circonstances l'obligeaient à une prudence exceptionnelle. Les humains qui s'étaient emparés de Kendhil savaient forcément qu'il était un elfe, cela ne les avait visiblement pas arrêtés. Elle serait donc en danger dès lors qu'elle aurait été remarquée... Il fallait qu'elle se mêle à un groupe important – une caravane de commerce serait l'idéal – où la présence d'une étrangère passerait plus facilement inaperçue. Elle songea qu'elle aurait dû réfléchir à ce problème beaucoup plus tôt, par exemple lorsqu'elle avait discuté avec le fermier. Pour prix de son cheval, il aurait pu lui fournir en prime des vêtements humains. Elle se regarda. Sa tunique et son pantalon brun ne détonneraient certes pas trop dans cet environnement et pourraient passer pour une tenue ordinaire, mais sa cape vert mousse était assurément bien trop elfique. La solution était simple, s'en débarrasser ! D'un geste vif, elle ramena contre elle les pans ornés d'un liseré de feuilles cuivrées et décréta qu'il était hors de question de se défaire d'un attribut si précieux, sans lequel elle se sentirait comme nue, donc vulnérable.

Un long moment passa et un grand nombre de gros nuages blancs, lorsque enfin elle repéra un important « troupeau d'humains » : cinq charrettes couvertes, une centaine d'hommes et de femmes à cheval, et même des enfants montés sur des poneys. Ils progressaient lentement, ce qui lui laisserait largement le temps de contourner par la lande, de manière à joindre la route plus au nord puis à rattraper ce groupe telle une simple voyageuse. Elle se leva et en elfique appela son cheval qui accourut, apparemment tout heureux que l'escapade reprenne.

Après une chevauchée endiablée, cape au vent, Errindha trottait vers l'arrière-garde de la caravane, qui déjà n'était plus qu'à quelques centaines de mètres des portes de la cité. Elle releva sa capuche, car ses oreilles, bien qu'elles ne fussent pas aussi longues et pointues que celles de certains autres elfes d'Isuldain, étaient un élément irréfutable d'identification. Elle approcha aussi près que possible du chariot de queue dans lequel des jeunes filles s'agitaient, riaient et se battaient pour jeter des regards vers l'extérieur en soulevant la bâche sur les côtés de la bâche. L'une d'elles ne tarda pas à remarquer ce cavalier d'allure bien mystérieuse.

« Bonjour ! lança-t-elle d'une voix enjouée. Vous êtes de quel clan ? »

Errindha lui trouva un visage avenant, mais bien singulier avec ce teint très mat et ces yeux d'un bleu si clair.

« Le clan des... des Emlindhil ! » lança-t-elle en réponse.

Elle avait spontanément donné le nom de sa propre lignée, et le regrettait déjà.

« Ah oui ? fit la jeune fille en fronçant ses sourcils bruns. Je ne connais pas. »

Elle appela ses amies qui aussitôt se précipitèrent à l'arrière de la charrette pour discuter avec l'étrangère. Mais celle-ci préféra couper court à cette prise de contact un peu trop rapide, en se portant à hauteur de la charrette suivante. C'est ainsi qu'elle trottina parmi des cavaliers adultes, montés sur des chevaux nerveux, le plus souvent noirs. Ils ne lui adressèrent que quelques regards, car le plus intéressant pour eux était devant : cette muraille en pierre de lave anthracite aux proportions titanesques. Ils discutaient entre eux dans un dialecte inconnu de la Sentinelle, ce qui la contraria, car toute information était bonne à prendre.

La caravane s'arrêta. Des hommes crièrent. Il y eut de l'agitation à l'avant. Errindha devina que, pour être autorisés à entrer dans la ville, ces voyageurs devaient régler certaines formalités. C'est alors qu'une voix l'interpella dans son dos :

« Seriez-vous un elfe Sentinelle ? »

Elle se retourna si vivement, que sa capuche retomba sur sa nuque, dévoilant son fin visage féminin. L'homme qui venait de l'interroger était un humain d'un âge avancé, portant un uniforme de guerrier, avec une épée courbe en travers du torse. Son casque, orné de dents jaunâtres sur le front, avait dû connaître bien des batailles tant il était bosselé et rouillé. Errindha reporta son attention sur les yeux de cet homme. Ils étaient d'un éclat vraiment étrange, dans cette face presque noire, parcheminée par les ans... Ils exprimaient la perplexité, tandis que la bouche souriait.

« C'est bien cela, confirma-t-il pour lui-même. Vous venez pour la fête des Jugements ?

– Non, je voyage seulement. »

L'homme fit mine de ne pas avoir entendu la réponse :

« Vous n'auriez donc pas eu vent du Jugement des dragons qui couronnera la fête. Hum... Alors c'est encore plus intriguant, car un Sentinelle ne quitte jamais ses montagnes sans une raison impérieuse, voire... impériale. »

Se sentant démasquée, Errindha hésita entre s'éloigner sans ajouter un mot ou en profiter pour questionner l'homme. Elle opta pour l'éloignement, car il ne lui inspirait pas confiance.

« Impériale est le mot juste, répliqua-t-elle

quand même. C'est pourquoi je vous demande de m'oublier. »

L'humain inclina légèrement la tête en signe d'acquiescement. L'elfide se détourna, songeant qu'elle venait de trouver un excellent prétexte à sa présence dans la cité, car les Sentinelles pouvaient effectivement recevoir de l'empereur Isuldain une mission d'observation. Mais cela ne se produisait qu'en des circonstances d'une exceptionnelle gravité. Elle se rendit compte également, non sans un certain effarement, que pour la première fois de sa vie, elle avait menti. Kendhil lui avait parlé de cette aptitude détestable, qui ne touchait en principe que les humains, et bien entendu les créatures de l'Obscur.

Le passage de la porte de la cité se fit sans inquiétude, mais dans un encombrement indescriptible de chariots, de chevaux et d'humains qui s'interpellaient bruyamment et joyeusement. L'elfide ouvrait de grands yeux effarés en découvrant cette ville démesurée où s'entassaient des maisons de pierre noire, percées de nombreuses fenêtres carrées. Parfois, au bas des façades, dans des alcôves aménagées, des habitants exposaient sur des tréteaux ou sur des tables toutes sortes de marchandises. Elle devina, pour en avoir entendu parler durant son elfance, qu'il s'agissait de lieux de commerce appelés échoppes. Son attention fut retenue par des tenues vestimentaires présentées sur des mannequins de bois. Elle songea à s'en rapprocher pour éventuellement faire quelques acquisitions, quand soudain des enfants s'écrièrent en la désignant du doigt :

« Oh, voyez, là ! On dirait un elfe fille. Elle a les oreilles pointues ! »

Errindha porta vivement la main à sa nuque et se rendit compte avec effroi qu'elle avait oublié de relever sa capuche ! Très vite, d'autres humains s'intéressèrent à elle, et l'information commença à circuler dans la foule. Il lui fallait d'urgence disparaître, d'une façon ou d'une autre. Elle regarda dans toutes les directions, telle une biche prise au piège, et rencontra le regard incisif du vieil homme entrevu un peu plus tôt. Elle sauta à bas de sa monture et lui ordonna en elfique de quitter cette ville au plus vite. L'animal obéit avec affolement, ce qui sema une belle pagaille. Errindha en profita pour s'éclipser par la première ruelle.

L'aventure prenait une tournure périlleuse, mais peut-être n'était-ce pas pour lui déplaire...

• 17 •
LA CAVERNE DE L'ÉPOUVANTE

Kendhil n'avait jamais été malade de sa vie, comme la plupart des elfes de l'Empire. Aussi se trouvait-il pour ainsi dire à l'agonie depuis qu'il avait été victime d'un malaise qui lui avait fait rendre son dernier repas. Cela avait commencé par un puissant dégoût, dû à l'infâme odeur régnant dans la grotte, où il était enfermé avec Karlo et un nombre indéterminé d'autres malheureuses victimes, toutes animales. Combiné à une chaleur moite suffocante et aux ondes de terreur et de souffrance émises par les captifs, ce dégoût était devenu nausée, jusqu'à ce que se produise le phénomène inconnu et douloureux qui lui avait soudain inondé la bouche de salive, l'avait plié en deux et, pour finir, lui avait fait régurgiter le contenu de son estomac. À peine redressé, il crut que cela allait déjà recommencer. En fait, progressivement, il avait pu reprendre sa respiration et ses esprits.

Alarmé, Karlo avait appelé au secours, promettant aux gardes kazkares tout ce qu'ils voudraient s'ils sauvaient son alter ego. Les hommes à demi nus accoururent et, constatant de quoi il retournait, se contentèrent de diagnostiquer :

« C'est rien. La chaleur. Ça va passer. »

En guise de remède, ils apportèrent une cruche d'eau, préconisant au mourant de se la vider sur la tête pour ressusciter. Au comble de l'inquiétude, Karlo prit son ami dans ses serres puis, avec une infinie douceur, le souleva et le serra contre son cœur, telle une mère son enfant malade. Kendhil apprécia le geste, mais il crut bon de ramener les choses à leur juste mesure :

« Karlo, repose-moi, s'il te plaît. Ça va, je me sens mieux. Ce n'était qu'une réaction d'intolérance, comme cela arrive aux humains.

– Jamais aux elfes, lui rappela son dragon.

– Non, c'est vrai. Eux en mourraient. »

Après avoir retrouvé le sol, Kendhil remercia son compagnon d'infortune. Il s'intéressa ensuite à leur prison souterraine, une immense grotte creusée dans la chair noire du volcan. Les palefreniers les avaient enfermés dans une cavité close par des barreaux épais comme des bras de forgeron. Même la montagne de muscles qu'était Karlo n'aurait pu les tordre, encore moins les arracher. Kendhil pouvait aisément se faufiler entre eux, mais il était toujours attaché au cou de son ami par une chaîne, elle aussi trop solide pour être brisée.

La lumière était abondamment diffusée par une grande quantité de flambeaux grésillants qui émettaient des fumées nauséabondes. Un peu partout étaient entreposées des cages de diverses dimensions, vides pour la plupart. Celles qui ne l'étaient pas contenaient un animal, souvent apeuré, parfois proche de la folie. Face à leur geôle, l'elfon remarqua un être à fourrure grise et à figure noire, qui semblait tenir autant de l'homme que d'une créature primitive, telle qu'on en rencontrait dans certaines forêts d'altitude. Kendhil se souvint que les elfes les nommaient les hommes-arbres. Ils ne possédaient pas un langage élaboré, mais une grande intelligence sociale. Un individu privé des siens devait connaître le martyre, ce dont son regard de détresse témoignait. Il observait l'elfe – le suppliait, en vérité –, les mains crispées sur les barreaux de sa cage.

De l'autre côté de la caverne, était creusée une cellule identique à la leur. Dans l'ombre, tout au fond, était terré un dragon d'Hélion. Ses yeux, pareils à deux charbons ardents, ne cessaient de fixer les nouveaux prisonniers.

Kendhil se retourna pour demander à son alter ego :

« Karlo, pourquoi n'essaies-tu pas d'entrer en communication avec ton congénère ? »

Le dragon tourna la tête pour toiser ce dernier.

« M'as-tu déjà vu converser avec des créatures arriérées ?

– Allez, s'il te plaît, ne te fais pas prier. »

Karlo consentit à émettre un vague grondement d'appel. Le dragon d'Hélion ne manifesta sur le coup aucune réaction, ce qui amena Karlo à déduire :

« Tu vois, ce n'est qu'une grosse vache amorphe. »

Sans doute piquée au vif, la grosse vache en question daigna enfin bouger, en émettant un grondement de fourneau sidérurgique, et ce fut pour offrir une très mauvaise surprise à l'orgueilleux Karlo. Car il était plus grand que lui, et surtout nettement mieux équipé en crocs, griffes, pointes et autres lames de cornes meurtrières. En tout, c'était un dragon magnifique qui imposait le respect et inspirait l'effroi le plus absolu. Il s'avança jusqu'aux barreaux de sa prison et secoua sa monstrueuse tête écailleuse, faisant grelotter la chaîne accrochée à son cou par un gigantesque collier de fer. Karlo se détourna en émettant un feulement méprisant. Kendhil n'avait pour sa part aucune envie de plastronner.

« Essaie encore », l'enjoignit-il.

Le dragon d'Hélion, baptisé Okorr, devança Karlo en lançant un rugissement qui fit vibrer les parois de la montagne, jusqu'à faire tomber de la voûte, ici et là, des filets de poussière. La grotte se mit ensuite à résonner d'un vacarme assourdissant de cris d'animaux terrorisés.

« Tu vois, maugréa Karlo, comment veux-tu communiquer avec un sauvage de la sorte ? »

S'il ne se fiait qu'aux apparences, Kendhil aurait admis qu'il avait raison. La vérité semblait plus complexe. Le regard du monstre ne trahissait pas qu'une pure férocité, il s'y lisait aussi de l'accablement et, plus surprenant, une conscience évoluée.

Errindha cessa de marcher à grands pas, à travers un lacis de ruelles pavées de pierre noire. À tout instant, elle devait veiller à ce que ses pieds délicats n'écrasent pas un détritus en cours de putréfaction ou un étron répugnant. Jusque-là, elle n'avait croisé que peu de passants, mais tous l'avaient dévisagée comme si elle avait été une anomalie de la nature ou, plus logiquement, une intruse.

D'instant en instant, se précisait son impression de s'enfoncer dans un monde proche de l'Obscur, une cité orque dangereuse autant que malodorante. Elle tentait, sans grand résultat, de s'encourager en se disant que tout cela n'était rien en comparaison de ce qui l'attendait, lorsqu'elle aurait à surmonter de vraies épreuves. C'est alors qu'elle perçut une présence dans son dos. Elle fit volte-face, mais la venelle qu'elle traversait était déserte. Elle resta un moment immobile, tous les sens en alerte. Un Sentinelle pouvait rester ainsi en observation des heures entières, sans bouger un cil. Mais Errindha n'eut pas cette patience et se remit en marche. C'est en tournant à l'angle d'une maison qu'elle fut certaine qu'on la suivait. Elle choisit de faire semblant de ne pas s'en être aperçue. Désormais, ses yeux lui permettaient de voir devant elle et sa sensibilité elfique derrière. Une ombre approchait en effet, coulant sur les murs tel un spectre voleur d'âme en quête de victime...

L'elfide s'arrêta, comme pour se repérer. Elle perçut le bras qui se tendait vers elle et laissa l'instinct prendre les commandes : volte-face tandis que sa main droite s'emparait de sa dague elfique. Sa main gauche se referma sur le poignet de l'agresseur. Du coude sous le menton, elle le repoussa contre le mur d'une maison, puis lui plaqua la lame luisante sur la gorge... Il était à sa merci.

« Pitié, dame elfe ! Ne me tuez pas, je ne suis pas un voleur ! »

Errindha considéra le jeune homme qu'elle venait de neutraliser avec une facilité déconcertante. Il était brun, avait le visage sombre et les yeux bleu clair de ceux de son ethnie. Il était attifé plutôt que vêtu d'un ensemble de guenilles crasseuses, taillées dans un tissu mou qui n'avait aucune forme.

« Je m'appelle Kizi, je suis ami des elfes et des dragons... enfin, je veux dire, d'un dragon en particulier, car il m'a pris la vie et me l'a aussitôt rendue. »

Errindha relâcha un peu son étreinte, puis recula. Le garçon était de sa taille et exhalait une haleine qui soumettait son odorat délicat à rude épreuve.

« Je suis porteur et je vous ai aperçue sur votre grand cheval, expliqua-t-il.

– Porteur de quoi ? l'interrogea-t-elle.

– J'aide les visiteurs et les marchands à décharger leurs ballots, contre une pièce. Ça rapporte bien, vous savez, surtout en ce moment avec les Jugements qui se préparent.

– Qu'est-ce que tu me veux ?

– Rien que du bien. Être votre ami, d'abord. Ce n'est pas donné à tout le monde d'être l'ami d'une *damelle* telle que vous. »

Errindha ne put retenir un sourire de se voir ainsi considérée comme une *damelle*, car dans la culture commune des comtés de l'empire, cela la plaçait très haut dans la hiérarchie sociale.

« Retourne à tes ballots, Kizi, je peux me débrouiller seule.

– Cela m'étonnerait. Savez-vous que si vous continuez par là, vous finirez par entrer dans le quartier des Bannis ? (L'elfide jeta un regard dans la direction désignée par le regard du garçon. Il semblait effectivement que la rue plongeait dans une pénombre encore plus menaçante.) Pour en sortir, il vous faudra bien davantage que deux bras et une épée, croyez-moi. »

Errindha le lâcha complètement, puis rengainant sa lame, demanda :

« Que me proposes-tu ?

– De vous guider. Je fais ça aussi, quand ça se présente, pour les étrangers qui doivent séjourner à Kiraz. »

L'elfide sortit d'une poche de sa tunique la petite bourse dans laquelle elle transportait les pépites de Guenth l'Ancien. Elle en choisit une, la plus petite, puis la saisit entre le pouce et l'index pour la montrer au jeune homme qui loucha dessus de façon grotesque.

« Contre ça, tu le ferais ? s'enquit-elle.

– Contre ça, répéta Kizi suffoqué de stupéfaction, mais... contre ça, ma damelle, je vous donne mon âme !

– Très bien, je la prends. Si je suis satisfaite, je te la rendrai. »

Le garçon s'empara du morceau de métal qu'il escamota dans l'une de ses manches, puis il lança avec entrain :

« Suivez-moi, princesse, je vous emmène chez moi. »

Errindha fronça les sourcils.

« Ce n'est pas chez toi que je veux aller, mais là où se trouvent mes amis.

– Plus tard. Il nous faut d'abord parler. »

Il montra un visage si enjoué que les dernières réticences de l'elfide tombèrent.

« Puis-je savoir comment je dois vous appeler ? s'enquit le guide.

– Errindha.

– Damelle Errindha... Hum, ça sonne bien.

– Errindha suffira.

– Ah... dommage. »

• 18 •
EN ATTENDANT LE JUGEMENT

Kizi conduisit Errindha jusque dans une cour cernée de maisons qui semblaient à l'abandon puis, par un escalier obscur, sur un palier où il ouvrit une porte grinçante. Une lumière grise se faufila par l'entrebâillement.

« Nous y sommes ! » annonça le guide, dont l'excitation commençait à agacer la jeune Sentinelle.

Elle eut une hésitation avant d'entrer. Il lui fallait d'abord sonder l'atmosphère vibratoire des lieux.

« Vous n'avez rien à craindre, vous savez, la rassura Kizi. Je vis seul, enfin presque, et je n'ai pas l'intention de me faire trancher la gorge parce que je me serais jeté sur vous comme un sauvage.

– Il y a un animal ici, murmura Errindha comme pour elle-même, mais je n'arrive pas à savoir...

– Oh, c'est Zirko ! Il n'est pas très sociable, c'est pourquoi je l'enferme quand je m'absente ou reçois du monde. Entrez, je vous en prie. »

Errindha s'exécuta et la première chose qu'elle eut envie de faire, fut de traverser la pièce pour ouvrir une porte. Derrière, elle trouva un minuscule débarras, éclairé par une unique lucarne carrée et, posée sur le sol, une cage de fer. À l'intérieur de celle-ci croupissait un loup au pelage gris-bleu. La malheureuse bête se recroquevilla de peur et montra les crocs en grognant.

Kizi rejoignit Errindha puis, avec un rire forcé, lui recommanda de laisser son compagnon tranquille.

« Un elfe ne peut supporter un être vivant captif », répliqua Errindha.

S'accroupissant devant la cage, elle prononça d'étranges paroles, à la fois mélodieuses et graves. Puis elle souleva la trappe. Le loup quitta sa prison avec confiance et vint lui lécher les mains. Kizi en resta abasourdi.

« Voilà. Nous pouvons parler », déclara l'elfide en se redressant.

Ils retournèrent dans la pièce principale, meublée de bric et de broc et passablement en désordre. Kizi s'empressa de débarrasser un fauteuil gros et laid des nippes qui traînaient dessus puis, le désignant, invita son hôtesse à s'y installer. Lui-même s'assit en tailleur par terre, sur une peau d'ours, en face d'elle. Zirko vint le saluer, mais préféra s'allonger au pied de l'elfe.

« Voulez-vous quelque chose à boire ? À manger ? demanda le garçon, qui ne semblait pas en revenir de l'aventure qu'il était en train de vivre.

– Je veux des renseignements. Où mes amis sont-ils enfermés ? »

Kizi parut contrarié de devoir se mettre à bavarder plutôt qu'à table, mais les désirs de sa maîtresse valaient pour des ordres. Il s'exécuta donc, avec cependant un minimum de précisions :

« On les a emmenés dans une grotte qu'on appelle "la Réserve aux champions". C'est aussi là qu'est enfermé Okorr, le dragon du clan Shaskaz, qui affrontera celui du clan Shangsa, qu'ils ont capturé près de chez eux...

– Pourquoi ? Comment ? Je n'y comprends rien ! » s'énerva l'elfide.

Kizi soupira, puis reprit :

« Bon, je vais essayer d'être plus clair. D'abord, il faut savoir que notre peuple kazkare est organisé en clans, des familles si vous préférez, plus ou moins grandes et plus ou moins puissantes. Notre culture impose qu'aucun conflit ne se règle sur-le-champ.

– Pourquoi ?

– Jadis, ça se passait ainsi, mais ça provoquait des guerres et des règlements de comptes sans arrêt. C'est d'ailleurs à cause de ça que les Kazkares ont été chassés du plateau d'Hélion, alors que c'était leur comté... Car les dragons ont profité des guerres de clans pour s'installer... Enfin bref, régulièrement, nous organisons des Jugements d'honneur, qui sont autant des fêtes et des spectacles que le moyen de résoudre nos problèmes de justice ou nos différends. Il se trouve que le plus important des Jugements est celui des dragons. C'est le plus rare aussi puisqu'un dragon, forcément, ça ne se trouve pas tous les jours. Jusqu'à présent, c'était les Shaskaz, avec Okorr. Et puis, on a appris que les Shangsa en avaient capturé un, un jeune mâle adulte en pleine forme. Ils ont aussitôt lancé un appel au Jugement des dragons. Autrement dit, ils ont défié les Shaskaz. Ça va être un combat tellement formidable que des clans nous arrivent de toute la région, et qu'ils en ont profité pour lancer leurs propres appels au Jugement. Comme ça, on va régler tout un tas d'affaires qui traînaient depuis longtemps. Et pour moi qui suis guide et porteur, c'est la richesse assurée, conclut le jeune homme en riant. Je vais enfin pouvoir sortir de ce trou...

– Tu veux dire que Karlo va devoir combattre un autre dragon d'Hélion ?

– Exactement. Dans le cirque aux Jugements. Il s'agit d'une arène géante construite...

– Je sais, le coupa Errindha, perturbée par tant d'informations à la fois. Comment le vainqueur est-il désigné ? demanda-t-elle.

– Le survivant remporte le Jugement. Mais parfois, c'est le dernier à mourir. »

Horrifiée, Errindha se redressa sur son siège, faisant sursauter Zirko.

« Il faut les délivrer avant ! s'exclama-t-elle.

– Impossible.

– Pourquoi ? Rien n'est impossible ! »

Kizi lui expliqua les conditions de détention des dragons et des animaux qui défendaient les intérêts de leurs propriétaires. Loin de la dissuader, ces révélations épouvantables ne firent que renforcer la détermination et l'impatience de l'elfide.

« Allons-y ! Tu me diras en chemin comment les approcher. »

Le garçon eut un sourire en coin pour dissimuler son embarras.

« Voyons, Errindha, ce n'est pas si simple. Entrer dans l'entrepôt, c'est encore envisageable, mais en sortir vivant avec un dragon et un elfe... c'est, pff...

– Un elfe ne craint pas la mort, puisqu'elle n'existe pas.

– Pour un Kazkare si, malheureusement.

– Tu ne risques rien, crois-moi.

– Hé, doucement, damelle ! Je tiens encore à la vie !

– Tu m'as donné ton âme, qui d'autre pourrait te la prendre ? »

Kizi prit une expression d'accablement. Finalement, l'aventure devenait nettement moins excitante.

« Maintenant, nous pouvons manger, annonça calmement Errindha. Qu'as-tu à me proposer ? »

Les heures passaient aussi lentement que s'ils étaient plongés dans une marmite d'eau bouillante, mais ils ne se plaignaient pas. Kendhil somnolait, allongé sur le dos de Karlo, lequel, pour ne pas paraître faible aux yeux de son congénère qui ne cessait de l'observer depuis l'autre côté de la caverne, se donnait un air placide de volcan qui attend le bon moment pour exploser.

« Vivement qu'on s'explique, que je lui mange le foie », grommela-t-il entre ses crocs.

Cela faisait la dixième fois depuis une heure qu'il prononçait cette imprécation.

« S'il te plaît, Karlo, cesse de ruminer, tu m'empêches de ne penser à rien, le tança Kendhil en proie à ses propres affres. À ton avis, depuis combien de temps croupissons-nous dans cet enfer ?

– Depuis plus longtemps qu'il ne nous en reste avant d'en sortir, je le jure ! » grommela Karlo.

Il releva alors subitement la tête, ébranlant son corps et manquant de faire tomber son compagnon.

« Hé ! Doucement ! Qu'est-ce qui te prend ?

– C'est l'heure de la soupe. »

Kendhil jeta un œil vers les quatre palefreniers qui approchaient, transportant sur un brancard une énorme masse de viande rouge. Il préféra ne pas assister au repas de son alter ego, surtout en ces circonstances où le stress le rendait brutal comme un fauve affamé. Les soigneurs utilisèrent un ingénieux système qui permettait de faire circuler la nourriture sur un plateau mobile, le long d'une galerie passant sous la grille et ressortant, tel un monte-charge, à l'intérieur de la cage. Les yeux fermés, Kendhil suivit l'opération à l'oreille : grincements de poulies et grelottements de chaînes, claquement lorsque le plateau-repas fut servi, chocs mous des mâchoires attaquant la masse de viande et, pour finir, bruits de déglutition.

« Mange doucement, Karlo, recommanda-t-il, tu vas avoir mal au ventre.

– C'est au cœur que j'ai mal, gronda l'intéressé, mal au cœur de voir ce à quoi je suis réduit. »

Kendhil hocha la tête, mais que répondre ? Il avait beau faire appel à toutes les ressources de sa sagacité et de sa sensibilité elfique, il n'entrevoyait pas le début d'un commencement de solution...

Soudain, un éclat de voix résonna dans la caverne :

« Kendhil ! »

L'elfon tressaillit.

« Errindha ? »

De surprise, Karlo se redressa sur ses pattes antérieures, jetant à terre son compagnon qui se reçut sur les pieds avec une souplesse de félin. L'instant suivant, une elfide souple et légère se faufilait entre les barreaux et enlaçait Kendhil avec fougue.

• 19 •
ERRINDHA SÈME LE CHAOS

Kendhil regardait son amie, vêtue en garçon kazkare et coiffée d'un bonnet de cuir affreux, mais qui lui couvrait les oreilles.

« Tu es seule ? s'inquiéta l'elfon.

– Non. J'ai un ami, un humain qui s'appelle Kizi...

– Kizi ? réagit Karlo. J'ai failli gober un souriceau qui portait ce nom.

– C'est lui, confirma l'elfide. Il m'attend dehors. J'ai très peu de temps, car le garde que nous avons payé ne m'a accordé que le droit de vous regarder et de revenir au plus vite. Il croit que je suis un gamin curieux... Enfin, peu importe. Je suis venue vous délivrer. »

Karlo et Kendhil écarquillèrent les yeux.

« À toi toute seule, avec tes petits bras musclés ? ne put s'empêcher de railler le premier.

– Ne te fais pas de souci pour nous, nous allons très bien nous en sortir, tenta pour sa part de la rassurer le second.

– Quel est votre plan ? demanda Errindha.

– À vrai dire, répondit Kendhil en baissant les yeux, il reste encore à élaborer. Et le tien ?

– Pour l'instant, je n'en ai pas, mais je vais revenir et, cette fois, ce sera pour vous ouvrir les portes de ce... »

Elle jeta un regard dégoûté vers la caverne, dont l'odeur et l'ambiance commençaient à lui lever le cœur.

« De cet antre à orques. »

Elle aperçut alors Okorr, que l'intrusion avait mis en éveil et qui observait la scène avec intérêt.

« C'est lui ? souffla-t-elle, épouvantée. Il est gigantesque. »

Elle leva les yeux pour regarder Karlo. Vu ainsi, on eût dit un chat à tête de crocodile contemplant en dessous de lui une souris à cheveux longs.

« Tu devrais savoir que ce n'est pas la taille qui fait la force, répondit-il avec douceur et sagesse. D'un seul coup de dents, je serais capable de lui trancher la gorge. C'est d'ailleurs ce que je compte faire si je n'ai pas le choix. »

Un bruit métallique les mit en alerte. Le garde soudoyé venait de rentrer dans la caverne, talonné par Kizi qui semblait vivement contrarié, lui-même tenant en laisse son loup gris qui n'avait d'yeux que pour l'elfide.

« Je dois partir, annonça Errindha en s'arrachant aux bras de son ami Sentinelle. Je vais revenir très vite. Tenez-vous prêts.

– Eh là ! l'interpella le palefrenier. C'est pas ce qui était convenu ! »

Errindha sortit de la cage en se faufilant à nouveau entre deux barreaux, affichant un sourire aussi naturel que possible.

« Il est vraiment impressionnant, ce dragon, dit-elle. Il fait très peur. »

L'homme approchait à grands pas, le sourcil sévère, la pique fermement tenue en main. Colère et méfiance émanaient de lui. Kendhil s'aperçut que deux autres palefreniers avaient interrompu leurs activités pour s'intéresser à l'incident.

« Va-t'en, vite ! » lança-t-il à mi-voix.

L'elfide acquiesça d'un signe de tête, puis s'avança à la rencontre du garde. Celui-ci leva sa pique en affirmant :

« Vous n'êtes pas un curieux. Vous êtes autre chose, une chose qui connaît celle-là. »

Il désigna Kendhil d'un mouvement de menton. Errindha recula, comme effrayée.

« Non, non, je vous assure. Je me suis juste approchée un peu trop près et le dragon m'a attrapée. Mais, vous voyez, il m'a relâchée. »

Le palefrenier lança quelques mots à ses semblables, dans le dialecte ancestral des Kazkares. Kizi blêmit.

« Errindha, il vous prend pour un complice de l'elfe, lança-t-il. Mais heureusement, c'est pas vrai ! Hé, hé ! »

Son rire sonnait aussi juste qu'une cloche fêlée. L'homme fit volte-face et ordonna :

« Lui aussi, il faut le capturer ! »

Errindha porta la main à sa hanche, mais la dague de Guenth n'y était plus puisqu'elle l'avait laissée chez Kizi, avec sa tenue trop identifiable d'elfe Sentinelle. L'homme leva le bras, la menaçant de sa courte lance. Errindha se figea et planta son regard dans le sien. Elle y lut ses intentions avant même que celles-ci ne commandent à ses muscles. L'elfide esquiva l'attaque comme une mouche une main assassine, puis elle s'enfuit. Aussitôt, les palefreniers se mirent en chasse, à trois d'abord, et bientôt à dix puisque sept autres surgirent au fond de la caverne, d'une galerie menant sans doute à leur casernement.

Il s'ensuivit une incroyable course-poursuite à travers la Réserve aux champions. Errindha était d'une telle agilité qu'à certains moments, on eût dit qu'elle dansait en se jouant des humains qui, du coup, paraissaient balourds et idiots. À chaque occasion, elle ouvrait une cage et en langue elfique sollicitait le renfort des animaux libérés. En réalité, peu répondirent à l'appel, hormis l'homme-arbre. Une fois dressé sur ses pieds, étrangement identiques à ses mains, il mesurait deux fois la taille d'un palefrenier. Il se rua vers le plus proche, sans parvenir à l'attraper.

Il devint ensuite impossible de savoir qui poursuivait qui. Kizi commençait à s'amuser de la situation, jusqu'à ce qu'il reçoive un coup dans la figure qui l'étendit propre et net. Groggy, il mit un moment à reprendre ses esprits. Il se redressa en prenant appui contre un mur. Ses mains rencontrèrent des chaînes et des colliers de fers, ainsi que d'autres objets plus petits, dont il se servit comme projectiles, sans grand succès. Cela dura peu, car un des gardes se planta devant lui, leva sa pique et menaça :

« À genoux et les mains au sol si tu ne veux pas mourir ! »

Le garçon obtempéra en gémissant des excuses. Dans sa main droite, il serrait encore un objet métallique en forme de T, dont une extrémité était cannelée. Une idée lui traversa l'esprit, qu'il n'eut pas le temps de développer car l'homme-arbre déboula comme un ouragan, renversant le palefrenier avec une violence inouïe. Kizi se releva et regarda sans réagir le garde se faire copieusement rosser par une gigantesque boule de poils gris en furie. Une main ferme l'attrapa soudain par le bras.

« Viens, Kizi, on sort de là ! »

Errindha entraîna son complice vers la sortie, dans un vacarme assourdissant de cris et de rugissements. Le loup les rejoignit, puis l'homme-arbre, et pour finir les autres captifs délivrés par l'elfe, qui en profitèrent pour prendre le large. Kendhil et Karlo en restèrent bouche (et gueule) bée.

• 20 •

L'APPROCHE DU JUGEMENT

Errindha était effondrée.

Plusieurs jours étaient passés, et il lui avait été impossible de revoir ses amis. Le désastre de la première expédition avait eu pour conséquence de mettre les autorités de la ville en émoi. La Réserve avait été interdite à tout visiteur, sa garde renforcée, et la porte de la ville avait même été un moment close, comme en état de siège ; en l'occurrence pour éviter l'évasion de champions. Finalement, le premier affolement passé, la vie avait retrouvé son cours normal. La date des Jugements avait toutefois été avancée et le programme réduit au minimum. Car, désormais, on craignait d'autres incidents, qu'on avait attribués à des règlements de comptes entre clans rivaux.

Kizi faisait ce qu'il pouvait pour remonter le moral de l'elfide, laquelle s'efforçait de rester confiante, calme et... vivable.

« Vous savez, ça aurait pu être bien plus grave, avait-il tenté de la convaincre après leur installation dans un nouveau logement. Ils auraient pu carrément annuler les Jugements ou, pire, nous attraper ! Tant que nous sommes libres, tout est encore possible. »

Errindha l'avait dévisagé, presque avec admiration, car il en fallait du courage pour rester optimiste dans une situation aussi critique, et dans un tel endroit ! Ils s'étaient en effet réfugiés dans une maison abandonnée, jouxtant le dangereux quartier des Bannis. La nuit, surtout, c'était l'enfer. Des cris de bêtes, ou peut-être d'humains, résonnaient à tout instant au cœur de cet amas informe de masures noires comme le désespoir. Parfois, des groupes passaient dans la rue, se signalant par des grognements et des cliquetis qui à eux seuls inspiraient la terreur.

« Ils vont chasser », avait expliqué Kizi à voix basse, la première fois que cela s'était produit.

En somme, ils étaient naufragés au bord d'un monde comme l'elfide croyait qu'il ne pouvait en exister que du côté de l'Obscur. Mais elle devait prendre son mal en patience, en silence et sans lumière...

Un matin, Kizi surgit dans l'unique pièce qu'ils occupaient au cinquième et dernier étage de l'immeuble. Il était sorti chercher à manger, tôt le matin.

« C'est pour aujourd'hui ! » s'écria-t-il.

Errindha abaissa sa dague elfique qu'elle avait tirée dans un réflexe fulgurant, et plaquée sur la gorge du garçon.

« Aujourd'hui ? Quand ? »

Kizi déglutit avant de pouvoir répondre :

« Tout à l'heure. Les gens commencent déjà à gagner l'arène du Jugement. Il faut se dépêcher, sinon nous n'aurons pas de place au premier rang. »

Errindha commença à ôter ses vêtements de garçon kazkare, prenant un vif plaisir à les faire voler comme pour montrer sa détermination à ne plus jamais les remettre.

« Mais... que faites-vous ? Il ne faut pas... pas faire ça... »

Elle était déjà nue. Elle s'interrompit pour le dévisager, tenant en main sa tunique vert mousse d'elfe Sentinelle.

« Je ne reviendrai pas ici, tu le sais ?

– Non, je... Que voulez-vous dire ?

– Ce soir, je serai partie avec mes amis ou bien dans un autre monde. »

Le garçon força un sourire, comme s'il ne prenait pas ces paroles au sérieux :

« Ne dites pas ça, Errindha. Parce qu'il reste une chance ! Oui, c'est sûr, mais il ne faut pas la gaspiller en agissant trop tôt.

– Une chance de quoi ? » l'interrogea l'elfide, intriguée.

Elle sonda son esprit et y lut avec stupéfaction qu'il y cachait un secret. Laissant choir sa tunique sur le sol de dalles noires, elle se précipita pour le saisir aux épaules.

« Quelle chance ? Parle ! Je t'en supplie, Kizi, dis-moi ce que tu as en tête. »

Le regard bleu pâle du Kazkare parcourut le corps parfait de l'elfide, de la tête aux pieds, puis il remonta et s'accrocha à ses yeux verts.

« D'accord, mais... (Il simula un malaise.) S'il vous plaît, habillez-vous d'abord. »

Ce qui fut fait en moins de dix secondes.

À peu près au même moment, Kendhil et Karlo apprenaient qu'ils allaient être « préparés » pour le Jugement. Cela faisait déjà plusieurs heures qu'ils avaient noté un changement d'attitude des palefreniers. Très vite, cela avait évolué en agitation préfigurant les grands événements. L'homme-arbre, qu'on avait rattrapé après deux jours de cavale à travers la ville, fut brutalement tiré de sa cage, enchaîné par le cou à un énorme anneau fixé au sol, puis entravé des deux pieds et des deux mains. En attendant son transfert, le pauvre jetait des regards poignants pleins d'espoir vers l'elfe et son ami le dragon rouge.

De l'autre côté de la caverne, Okorr avait fini par céder à la nervosité. Il poussait des grondements incessants et tournait en rond dans sa cage, donnant parfois des coups de queue dans les barreaux, sans parvenir à les ébranler.

« Il faudra jouer l'esquive et le fatiguer, recommanda Kendhil qui l'observait avec une anxiété croissante.

– Un dragon ne connaît pas la fatigue, objecta Karlo. Quant à l'esquive... c'est bon pour les elfes. »

Sa voix avait changé. Elle avait pris une tonalité grave et caverneuse. Progressivement, à mesure qu'approchait l'heure du combat, il laissait monter en lui la sauvagerie de ceux de son espèce, une brutalité héritée de ses ancêtres qui, selon la légende, vivaient à l'origine du côté de l'Obscur. Kendhil le regarda et ne put s'empêcher d'éprouver un frisson de crainte. Il comprit qu'il serait désormais vain de le conseiller, et même de lui parler.

Quatre gardes kazkares approchèrent, le corps luisant de sueur, le souffle court. Ils stoppèrent devant la cage, hors de portée cependant des griffes du monstre. Leur chef prit la parole.

« Elfe Kendhil, il va falloir que vous nous obéissiez, déclara l'un d'eux. Le dragon va être immobilisé afin que nous puissions nous occuper de ses ailes... »

Un rugissement d'effroi l'interrompit, mais son trouble fut de courte durée.

« Pendant ce temps, vous serez amené à un anneau et attaché comme l'homme-arbre. Vous n'opposerez pas de résistance, parce que nous sommes autorisés à vous battre, voire à vous tuer en cas de nécessité. Votre propriétaire nous a certifié que vous aviez un certain niveau d'intelligence. Nous y comptons, car nous préférons ne pas vous abîmer. »

N'attendant aucune réplique, il se détourna et, avec ses acolytes, s'approcha de la paroi, à gauche de la cage. Kendhil s'avança jusqu'aux barreaux pour voir ce qu'ils s'apprêtaient à faire. Dans son dos, il sentait croître de manière préoccupante la peur et la rage de Karlo. Lorsque le dragon relâcherait cette énergie, toute créature à sa portée serait en danger de mort, même son alter ego.

« Que font-ils ? s'inquiéta Karlo.

– Il y a une sorte de roue dans le mur. Je pense qu'ils vont la faire tourner. »

Effectivement, les hommes unirent leurs forces pour actionner ce volant. Un mécanisme bruyant se mit en mouvement.

« Kendhil, regarde ! » s'exclama le dragon.

Une partie du sol se soulevait en diagonale, comme un plan incliné. Bientôt, le volume de la cage fut réduit de moitié, repoussant Karlo contre les barreaux, de telle sorte que sa liberté de mouvement en fut considérablement réduite. Par instinct, il leva ses ailes afin de gagner un peu d'espace. Le sol s'éleva encore d'un mètre, plaquant littéralement Karlo contre les barreaux. Les gardes cessèrent de tourner le volant. Ils pouvaient désormais en toute sécurité se livrer à leur sinistre besogne, c'est-à-dire apprêter le champion pour son Jugement dernier...

• 21 • LES PREMIERS JUGEMENTS

Enveloppée dans une cape brune, capuche relevée sur la tête, Errindha suivait son jeune guide à travers la ville, parmi une foule de plus en plus dense. De sa vie, elle n'avait vu autant d'êtres humains. C'en était effarant. Kizi, également très tendu mais pour d'autres raisons, marchait devant elle tant il était pressé.

« Nous allons nous retrouver sur les plus hauts gradins, se plaignit-il, c'est rageant ! »

Ils débouchèrent sur une large avenue rectiligne ; alors l'imposant monument de pierre vers lequel convergeait la population leur apparut, dans toute sa démesure. Épouvanté par la marée humaine, Kizi se retourna et s'adressa à la jeune elfe :

« Il vaut mieux se donner la main. Je n'ai pas envie qu'on se perde. »

Elle le laissa s'emparer de sa main fraîche et douce, puis il l'entraîna dans le flot bourdonnant. Après avoir joué des coudes et manqué dix fois d'être arrachés l'un à l'autre, ils parvinrent enfin à franchir l'une des nombreuses entrées du cirque aux Jugements. Errindha se sentit emportée jusqu'à un grand escalier, puis un palier où des gardes armés orientaient les spectateurs.

« C'est bon, on va pouvoir s'asseoir pas trop haut ! » exulta Kizi.

La lumière du jour éblouit Errindha et un spectacle saisissant s'offrit à sa vue.

« Attention ! Poussez-vous ! Oui, on va s'asseoir là ! Mais oui, je les ai vus, vos pieds, ils sont bien assez gros ! »

Kizi donnait de la voix pour faciliter leur progression sur le gradin, en direction des deux places qu'il avait repérées. Tout en le suivant, Errindha ne pouvait détacher son regard de la cour circulaire, ce théâtre aux horreurs recouvert d'un gazon ras où Karlo allait devoir combattre et peut-être mourir.

Une fois assise, elle émergea enfin de sa stupeur pour demander :

« Kizi, à quoi servent ces pointes ? »

Elle désignait les longues perches recourbées vers le sol scellées dans la pierre sur le pourtour de l'arène.

« C'est pour empêcher les champions de s'échapper, pardi ! » répondit le garçon.

L'elfe le dévisagea. Il rayonnait d'exaltation. S'apercevant que sa compagne le fixait avec sévérité, il changea d'un coup de figure. Il était temps qu'il prenne conscience que pour lui aussi c'était jour de Jugement.

Après une attente interminable qui, loin de calmer les humains, les rendit encore plus nerveux et bruyants, un groupe d'hommes vêtus de longs manteaux noirs, portant une coiffe plus haute et volumineuse que le Kazkare moyen, fit son apparition du côté nord de l'arène. Ils prirent place dans un carré de tribune, où étaient disposés à leur intention de confortables fauteuils bruns.

« Ce sont les arbitres du Jugement », expliqua Kizi.

Il dut élever la voix en raison de l'ovation démentielle qui accompagnait l'installation de ces juges.

Le rythme cardiaque d'Errindha ralentit. Elle porta la main à sa dague, puis leva les yeux au ciel. Orso était là, très haut, si haut qu'il n'était qu'un point noir sur un fond uniformément gris. Kizi voulut savoir ce qu'elle regardait ainsi, mais n'obtint aucune réponse. Errindha n'était plus avec lui. Tout son esprit était concentré sur Kendhil et Karlo qu'elle allait sauver ou bien, si elle échouait, avec lesquels elle franchirait les frontières de ce monde, pour commencer une nouvelle vie ailleurs, avec eux...

Des gardes à demi nus surgirent d'une ouverture sous la tribune nord. Ils se dispersèrent en courant à travers l'arène. Armés de longues lances, ils se juchèrent tout autour sur des socles de pierre et n'en bougèrent plus, telles des statues de chair blanche.

« Ça va commencer par un Jugement des dignes-et-debout », expliqua Kizi.

Errindha ne chercha pas à en savoir davantage. Seul importait celui qui impliquerait ses amis.

Des claquements métalliques retentirent, provenant des deux hauts porches en vis-à-vis de l'arène. Habituellement, ils restaient ouverts mais, lors des Jugements, ils étaient clos par des portes plaquées de fer. Il s'ensuivit des grondements et des grincements stridents qui résonnèrent dans l'enceinte où le public cessa dès lors de s'agiter. Une fois les barres de fermeture retirées, les vantaux s'écartèrent. Après quelques secondes d'un suspense insoutenable, apparut sous chacun de ces portails un attroupement d'humains d'une centaine d'individus. Tous armés d'un gourdin, les uns portaient une tunique bleue, les autres une tunique rouge. Ils entrèrent dans le cirque d'un pas ferme et décidé, et allèrent se positionner face à face, en deux hordes de brutes séparées par quelques mètres de pelouse.

« Ça va cogner, avertit Kizi. Le clan d'Ofuz, les bleus, reproche aux rouges, ceux du clan d'Ash-Kaz, d'empiéter sans cesse sur leur territoire. Les autres prétendent évidemment le contraire. Ils vont régler le problème aujourd'hui. Ils ont un quart d'heure. Le clan qui comptera le plus grand nombre d'hommes encore debout l'emportera et définira lui-même la frontière précise de son domaine. »

Un des juges se leva et prononça un bref discours en dialecte kazkare. Puis il se rassit. Les concurrents le saluèrent en poussant un cri rauque. Un gong retentit. L'instant suivant, les deux clans rivaux se jetaient l'un sur l'autre, dans la clameur d'un public soudain déchaîné. Errindha était figé de stupéfaction. Dans une ambiance de délire, les combattants se frappaient avec une violence inouïe. Le sang ne tarda pas à se répandre et les premières victimes à tomber sans se relever. L'elfide préféra fermer les yeux et contempler, à travers ceux d'Orso, le spectacle depuis les nuages.

C'est à peine si elle entendit le gong marquant la fin du tournoi. Les gardes blancs se précipitèrent dans l'arène pour séparer ceux qui continuaient à se briser mutuellement les os. Dans un silence de plomb, il y eut ensuite un comptage sérieux des dignes-et-debout, ce qui ne manqua pas de donner lieu à quelques contestations et arbitrages. Les vainqueurs, appartenant au clan des bleus, furent ovationnés, les blessés et certainement quelques morts, évacués. Puis le peuple se mit à entonner d'une seule voix un chant puissant, dont la vibration grave était destinée, expliqua Kizi, à informer les dieux du Jugement accompli.

« Au suivant ! » s'exclama un homme à la droite d'Errindha.

Comme la plupart des gens autour d'elle, il jubilait... et la dégoûtait.

Les gardes blancs évacuèrent le cirque. Il y eut un long moment d'attente, avant que deux cages volumineuses soient amenées sur d'énormes chars. Les hautes portes se refermèrent derrière elles.

« Je pense que c'est un Jugement des chefs, déclara Kizi. C'est quand, dans un même clan, deux membres revendiquent le pouvoir. Si ça ne s'est pas réglé par l'élection, les rivaux le font par champions interposés.

– Pourquoi ne s'affrontent-ils pas directement ? demanda Errindha, davantage par indignation que par curiosité.

– Je ne les connais pas, mais je crois que ce sont des vieillards. Alors, s'il fallait qu'ils se battent... J'ai entendu dire qu'en plus, ils sont frères de sang... Oh ! Ça y est, ils lâchent les bêtes ! »

Errindha écarquilla les yeux en voyant émerger avec méfiance d'une des cages une créature à l'épaisse fourrure grise, recroquevillée sur elle-même. La malheureuse bête finit par se déplier, révélant un colosse bipède d'apparence presque humaine.

« On dirait un homme-arbre, lâcha-t-elle.

– C'est bien ça ! acquiesça Kizi. Pour le capturer, son propriétaire a dû y laisser sa fortune. Je me demande à quoi ressemble l'autre. »

Le second champion ne tarda pas à apparaître, suscitant un hoquet de stupeur dans les tribunes.

« Un orque ! souffla Kizi. Ils ont engagé un orque... Alors ça, il fallait oser ! »

Errindha n'avait jamais vu une créature de l'Obscur, sinon dans des livres que possédaient les Sentinelles. Celui-là n'était pas très grand, du moins comparé à son adversaire. Mais on sentait en lui une force de haine et une férocité naturelle parfaitement abjectes. En le découvrant, l'homme-arbre eut lui-même un mouvement de recul. L'orque était torse nu, si bien qu'on pouvait constater qu'il avait une peau grise recouverte d'un fin pelage alors que sa face était imberbe. Ses traits lourds lui donnaient un air fruste, ce que ses yeux luisant d'intelligence démentaient. Il balaya d'un air de défi la foule redevenue silencieuse. C'était comme si chacun se sentait personnellement menacé.

« C'est un orque de la tribu Ourlack, murmura le Kazkare à la droite de l'elfide. Il paraît qu'elle est établie tout près de la frontière de l'Empire, du côté des Terres d'Ombre. Je me demande comment ils l'ont pris...

– Taisez-vous ! le coupa violemment un autre spectateur. On n'a pas besoin de vos commentaires. »

L'individu haussa dédaigneusement les épaules, mais se tut. Soudain, l'homme-arbre se rua sur l'orque, déclenchant une véritable hystérie collective dans les gradins.

• 22 •

LE JUGEMENT DES DRAGONS

L'orque massacra l'homme-arbre, certes après un rude et long combat, mais il finit par l'emporter. L'épuisement l'ayant rendu inoffensif, il ne réagit pas quand les juges le déclarèrent vainqueur, puis ordonnèrent de l'achever. Des gardes blancs emportèrent rapidement les deux corps, et une faible rumeur remplaça le tumulte. Les Kazkares devaient reprendre leur souffle. Errindha en restait pour sa part révulsée d'horreur. Kizi tenta de lui prendre la main, mais elle refusa ce geste de tendre amitié. Les elfes en souffrance s'isolent, parfois même se coupent du monde. L'elfide avait une épreuve à assumer, elle devait se montrer forte et, d'une certaine manière, humaine. Elle accepta finalement la main de son guide, mais ne la garda guère plus de quelques secondes dans la sienne.

Un juge se leva pour annoncer que le moment du Jugement des dragons était venu. Il demanda à la foule de garder son calme et tenta de la rassurer en lui affirmant qu'elle ne risquait rien, à l'abri des systèmes de défense des tribunes. Il obtint le résultat exactement inverse, portant par sa maladresse l'angoisse collective à son comble. L'homme en robe noire regagna piteusement son fauteuil. Le silence qui s'était abattu sur le cirque aux Jugements fut brisé par le crissement des barres coulissant dans leur logement, ce qui libéra les vantaux des deux portails de l'arène. Une fois ceux-ci grands ouverts, ce furent les gémissements lancinants de nombreuses roues de chariots qui résonnèrent. Des gardes blancs plantèrent au centre de l'arène un poteau dans un trou jusque-là invisible, car dissimulé sous une trappe.

« Tiens, c'est pour quoi faire, ça ? » s'interrogea Kizi à voix haute.

Il n'obtint de réponse de personne alentour, car tous s'interrogeaient pareillement. Seule Errindha avait deviné.

Tirés par de gros bœufs bruns, deux chariots géants émergèrent simultanément de l'ombre du porche qu'ils franchissaient. Ils transportaient chacun une cage aux barreaux gros comme des troncs, qui contenait un dragon. L'elfide sentit son cœur se figer en apercevant Karlo, couché en sphinx, majestueux et digne. Elle eut un sourire attendri qui mourut aussitôt, car il était seul. Elle chercha Kendhil du regard, mais ne l'aperçut pas. Il serait sans doute le petit supplément d'émotion du spectacle, mais aussi de motivation pour l'un des concurrents. Dans l'autre cage, le dragon d'Hélion s'était, à l'inverse de son concurrent, dressé autant que les barres recourbées au-dessus de lui le permettaient, c'est-à-dire assez peu. Il restait donc en tension, la tête basse, roulant autour de lui des yeux de bête fauve prise au piège. Il ne faisait aucun doute que dès lors qu'il serait lâché, une furie dévastatrice le saisirait, dont évidemment Karlo ferait les frais. Quand les chars s'immobilisèrent, de part et d'autre du poteau, il lança à l'adresse de son adversaire un long feulement, si caverneux qu'on l'aurait dit tout droit sorti des entrailles de la terre. Karlo n'y répondit pas. Il scrutait la foule, à la recherche d'Errindha, moins parce qu'il espérait d'elle un quelconque secours, que par souci de la savoir saine et sauve. L'elfide eut envie de l'appeler, car à coup sûr il aurait distingué et reconnu sa voix au milieu de milliers d'autres, mais elle craignit que cette imprudence n'attire sur elle d'autres yeux que ceux de son ami.

« Errindha, je crois qu'il va falloir renoncer à votre projet, déclara brusquement Kizi. Il est suicidaire. »

L'elfide le dévisagea.

« Ne rien faire serait suicidaire !

– Attendez au moins de voir si Karlo ne sera pas finalement le plus fort. C'est vous-même qui m'avez dit qu'il était d'une intelligence supérieure et...

– Fais silence, Kizi, tu attires l'attention sur nous et tu me perturbes. Ce qui va se passer maintenant n'est plus ton affaire. Dès que le moment me semblera favorable, j'agirai. Comme ce sera sans doute très rapide, je dois te remercier dès maintenant et te dire au revoir. J'espère sincèrement que nous aurons l'occasion de nous retrouver un jour, mais c'est peu probable. »

Un chagrin sincère embruma le regard bleu ciel du jeune homme. Ses lèvres frémissaient, comme s'il hésitait à dire ou faire quelque chose. Il puisa dans une poche de ses haillons la bourse d'or que l'elfe lui avait remise la veille :

« Vous êtes sûre que vous ne voulez pas la reprendre. On ne sait jamais, elle pourrait vous être utile. »

Errindha sourit.

« Alors, il faudrait que je te rende ce que tu m'as toi-même donné. Gardons nos présents respectifs, ils sont pour chacun de nous la clé de notre avenir. »

Un rugissement formidable fit tressaillir les spectateurs. Kizi approcha brusquement son visage de celui de l'elfe et déposa un furtif baiser sur ses lèvres. Errindha eut un mouvement de recul et une image s'imposa à sa conscience, le regard rieur de Kendhil. Ne comprenant pas la raison de cet étrange comportement, elle reporta son attention sur l'arène et vit que deux gardes blancs entraînaient vers le centre de la piste un prisonnier en tenue d'elfe Sentinelle.

« C'est votre ami ? C'est Kendhil ? » demanda Kizi.

Errindha n'entendit pas la question.

L'elfe Sentinelle fut lié au poteau par un seul pied, à l'aide d'une chaîne de cinq mètres tout au plus. Plutôt que de se débattre en vain, il fouillait du regard les gradins à la recherche de sa jeune congénère. Il crut l'apercevoir du côté de la tribune des juges-arbitres. Son visage s'illumina d'un sourire, mais retrouva bien vite son expression inquiète. Ce n'était pas elle. À cet instant, un gong retentit. Les palefreniers à peau blanche se dispersèrent, emmenant avec eux les attelages de bovins. Deux hommes seulement restèrent, qui se placèrent à quelques pas derrière chacun des chariots. Un juge-arbitre quitta son fauteuil, s'avança jusqu'à la balustrade de la tribune officielle, puis prononça des paroles en dialecte kazkare. Ensuite, il leva un bras qu'il garda tendu, poing fermé, durant de longues secondes. Quand enfin il l'abaissa, dans l'arène, les deux palefreniers s'approchèrent du chariot dont ils avaient la responsabilité. Ils actionnèrent un levier qui en fit basculer à l'horizontale les barreaux. Et ils déguerpirent vers l'issue laissée ouverte à leur intention. Okorr réagit avec la fulgurance du serpent. Il bondit du char puis, en deux enjambées sur ses pattes postérieures, rattrapa un des deux hommes et le happa avec sa gueule hérissée de crocs phénoménaux.

Il l'engloutit en une seule bouchée. Un brouhaha parcourut les gradins. Quelques applaudissements retentirent. Le spectacle commençait.

Errindha put alors remarquer que les ailes des deux monstres étaient neutralisées par deux énormes pinces de métal, placées sur l'équivalent de l'humérus chez l'oiseau. Ces fers étaient reliés entre eux par une chaîne assez courte pour empêcher les ailes de se déployer complètement, interdisant toute possibilité d'envol.

« Tu vois, dit Kizi en se penchant vers l'elfide, j'avais raison à propos des ailes. Ils ont bien utilisé le même système que pour les oiseaux géants du Silloïne. »

L'elfide acquiesça distraitement d'un infime mouvement de tête.

De son côté, sans précipitation, Karlo avait sauté à bas de son chariot. Il rejoignit Kendhil au centre de l'aire herbeuse.

« Je vais te délivrer, annonça-t-il.

– Je ne risque rien, le rassura l'elfon. Fais plutôt attention à ce gros vorace. »

Le dragon jeta un regard vers le vorace en question. Il était temps, car le monstre avait fait volte-face et se ruait sur lui. Karlo esquiva l'assaut d'extrême justesse.

Kendhil aussi dut s'écarter, pour ne pas être piétiné par mégarde. L'instinct commanda à Karlo de répliquer par un rugissement de défi auquel répondit Okorr, avec une puissance supérieure. Les humains les plus proches, au bas des tribunes, durent se boucher les oreilles. Karlo se plaça en protection devant son alter ego. Le dragon d'Hélion attaqua à nouveau, mais cette fois Karlo s'élança à sa rencontre. Curieusement, les deux mastodontes ne se mordirent pas. Le choc sourd de ces deux montagnes de muscles et d'os recouvertes d'écailles résonna dans l'enceinte comme un boulet de trébuchet pulvérisant une muraille. Ils roulèrent l'un sur l'autre, se séparèrent, puis aussitôt revinrent à la charge. Ils prirent à nouveau un peu de recul, se défièrent du regard, de la voix et, dressés sur leurs pattes postérieures, déployèrent au maximum leurs ailes membranées.

« Karlo, que se passe-t-il ? s'enquit Kendhil. Il aurait pu te broyer, pourquoi ne l'a-t-il pas fait ? »

Avant de répondre, son dragon dut attendre d'avoir trouvé une position stable et propice à l'esquive :

« Parce que nous ne sommes pas ennemis.

– Il accepte donc de communiquer avec toi ?

– Un peu. Nous ne sommes pas d'accord sur un certain point.

– Lequel ?

– Il est convaincu que l'un de nous deux doit mourir ce jour. Et comme il prétend être supérieur à moi, il me demande de me soumettre ; en d'autres termes de lui offrir ma gorge. En échange, il t'épargnera et même sauvera ta vie s'il le peut. »

Kendhil frissonna.

« Tu ne vas pas accepter, n'est-ce pas ? »

Karlo ne répondit pas et se jeta à l'assaut d'Okorr. Au même instant, Errindha se leva en criant :

« Non ! Karlo, ne fais pas ça ! »

Car elle avait perçu dans le comportement du dragon, les prémices de son sacrifice. Elle se tourna vers son guide kazkare pour un bref message :

« Fuis, Kizi ! C'est au tour de la mort d'entrer en action. »

Piétinant des pieds et bousculant les spectateurs de la rangée qui tentaient de s'opposer à son passage en force, elle gagna l'escalier qu'elle dévala jusqu'au bas de la tribune. Là, elle s'immobilisa un court moment. Karlo approchait d'Okorr, la tête basse et penchée sur le côté en signe de soumission. Il était le loup soumis offrant sa gorge au dominant. Le dragon d'Hélion se dressa en gonflant le torse, tendit ses ailes vers l'arrière, puis poussa un formidable cri de victoire qui pétrifia le public autant qu'il le ravit, car celui-ci n'y voyait que la poursuite du titanesque duel. Kendhil hurla à son ami qu'il ne lui survivrait pas et que son sacrifice serait inutile, mais la décision de Karlo semblait définitive. Okorr ouvrit la gueule et se laissa choir sur sa victime...

• 23 •
LE SORT D'OKORR

« *Okorr, ef-vrimen ov aemon !* »

Alors que la foule retenait son souffle, la voix d'Errindha s'éleva et résonna dans toute l'arène. Les mâchoires du dragon d'Hélion se refermèrent sur le vide. Karlo s'était dérobé puis, bondissant gueule béante, ses crocs se refermèrent sur le cou de son adversaire. Les dragons parurent s'enlacer. Des mottes de terre et d'herbe mêlées furent projetées en l'air. Karlo ayant pris le dessus, il renversa Okorr et l'obligea à rouler sur le dos.

« *Karlo ! Nenn véa dévrides !* » cria Errindha.

Des milliers de visages se tournèrent de son côté, et autant de regards aux yeux pâles la fixèrent avec ahurissement. Combien comprirent alors qu'elle venait d'interpeller les combattants en langue elfique ? Kendhil ne parvenait pas encore à le parler, mais il le comprenait parfaitement. Tirant sur sa chaîne pour s'approcher le plus possible des dragons aux prises, il lança :

« Obéis, Karlo ! Fais ce qu'elle te dit ! »

Karlo parut ne pas entendre, pourtant il n'accentua pas sa pression sur la gorge d'Okorr, lequel ne bougeait plus, se sachant vaincu. La partie n'était cependant pas gagnée, car un dragon d'Hélion n'accepte que rarement de survivre à une telle humiliation. Son adversaire ne devrait montrer aucune faiblesse en l'épargnant, car il n'hésiterait pas à le réduire en charpie sanglante.

Kendhil se tourna vers la tribune sud et écarquilla les yeux d'épouvante.

« Errindha, non ! » s'écria-t-il.

L'elfide avait enjambé le parapet de pierre et marchait à présent en funambule sur l'une des piques de protection. Quantité d'index se tendirent pour désigner cette candidate au suicide, tandis qu'un brouhaha d'exclamations, de rires et de protestations s'élevait. Errindha s'accroupit, puis glissa jusqu'à se suspendre à la barre courbe. Sous ses pieds, huit mètres de vide. Un humain ordinaire y laisserait, sinon la vie, du moins les jambes. Une elfe Sentinelle avait plus de chance de s'en tirer sans trop de dommage. Elle lâcha prise... pas Karlo.

Errindha se reçut avec autant de souplesse qu'un chat tombant d'un toit. Mais en se relevant, elle se rendit compte qu'elle ne pouvait plus poser son pied droit sur le sol, sa cheville n'ayant pas encaissé le choc. C'est donc mi-claudiquant, mi-sautant à cloche-pied qu'elle avança vers les dragons, dont le souffle profond et les grondements l'impressionnaient terriblement.

« Errindha, qu'est-ce que tu as fait ? lança Kendhil. Ça ne sert à rien ! À rien ! »

La douleur qui irradiait sa jambe droite était si intense, que la jeune elfe devait serrer les dents pour ne pas crier. Mais sa détermination était assez forte pour la porter. Elle finit par rejoindre Kendhil qui l'enserra dans ses bras. Durant ce temps, la situation des dragons n'avait pas évolué et ne le pourrait que si Karlo tuait Okorr, ou bien desserrait les mâchoires, ce qui revenait à relancer le combat.

« Kendhil, prends... prends ça ! » bredouilla Errindha.

Elle tendit à son ami un T de métal, cannelé à son extrémité la plus longue.

« Qu'est-ce que c'est ? l'interrogea Kendhil.

– Une clé. Kizi l'a prise dans la Réserve aux champions. Elle ouvre les fers. »

Le Sentinelle écarquilla les yeux de stupeur.

« Alors ça ! Bravo, Errindha ! »

Sans attendre, il s'accroupit pour en vérifier l'efficacité. Dix secondes plus tard, il se redressait, exhibant la clé dans une main et dans l'autre son entrave.

« Et voilà ! Tu crois que ça marchera aussi pour les ailes de Karlo ?

– Oui, et celles d'Okorr ! Aide-moi à marcher jusqu'à eux. Je dois leur parler.

– Tu es sérieuse ?

– S'il te plaît, Kendhil, ce n'est pas le moment de discuter.

– Tu as raison. Agissons, nous discuterons après, si nous ne sommes pas... han ! »

En guise de fin de phrase, il souleva sa congénère dans ses bras, puis la transporta vers les mastodontes rouges qui n'en finissaient pas de gronder tout en se contorsionnant l'un contre l'autre, tels des lutteurs de foire.

« Repose-moi, Kendhil, s'il te plaît. »

Tout en prenant appui sur son ami, elle s'adressa aux dragons en langue elfique. D'abord à Karlo, à qui elle demanda de lâcher son adversaire. L'intéressé ouvrit des yeux effarés et sans desserrer les dents marmonna son refus.

« Je ne peux pas parler à Okorr tant que tu le tiens dans cette position humiliante, insista Errindha. Libère-le, je t'en prie. Chaque instant nous est compté. »

C'était d'autant plus vrai que les Kazkares avaient fini par se rendre compte que l'intruse avait le moyen de libérer les combattants de leurs entraves. Les premiers archers apparurent sur les gradins, quand enfin Karlo se résigna à obtempérer.

« Je ne sais pas si c'est une bonne idée, grommela-t-il en se décontractant les vertèbres cervicales, mais au moins, ça dénoue la situation. »

Délivré de l'étreinte mortelle qui l'immobilisait, son adversaire se redressa et prit du recul, autant pour respirer que pour laisser bruyamment éclater sa rage. Alors se produisit un événement qui le désarçonna totalement. Karlo s'écarta devant l'elfide qui vint seule, sautillant sur une jambe, se planter devant lui. Il n'avait qu'à tendre le cou pour la cueillir et l'engloutir. Mais il s'agissait d'un elfe, une de ces créatures singulières qui ne se consomment pas comme de vulgaires chèvres. Elle commença à lui parler en elfique, tandis que Kendhil grimpait sur le dos de son alter ego pour le libérer de ses fers. En poussant un gémissement de soulagement, Karlo fit battre ses ailes pour les désengourdir. C'est alors que sifflèrent les premières flèches. Le dragon se figea et balaya du regard les tribunes, où le public commençait à réaliser que le spectacle allait sous peu quitter le cœur de l'arène. Il repéra les tireurs.

« Je m'en occupe ! » gronda-t-il.

Tandis qu'il s'envolait, Errindha poursuivait son discours dont le but était de convaincre Okorr de renoncer à tuer son adversaire, qui ne l'était plus et ne l'avait d'ailleurs jamais été. Mais le dragon d'Hélion refusait obstinément d'être libéré. Il voulait la mort, puisqu'il n'avait pas réussi à obtenir celle de son concurrent. Errindha regarda Kendhil, désemparée :

« Il n'y a rien à faire. Je crois que nous allons devoir l'abandonner à son sort. Partons. »

L'elfon regarda le dragon d'Hélion qui frémissait de dépit, puis suivit quelques instants son alter ego qui s'en donnait à cœur joie, fauchant et dévorant toute créature bipède qui avait le malheur de tendre un arc. C'est alors que lui vint une idée :

« Errindha, dis à Okorr qu'il est désormais notre esclave, puisque nous l'avons vaincu, et que nous serons de meilleurs maîtres que les Kazkares.

– Kendhil, tu es sé... »

Elle se ravisa et consentit. Mais avant qu'elle eût achevé sa traduction, le jeune Sentinelle s'était déjà précipité vers le dragon d'Hélion et, sans se préoccuper d'une éventuelle réaction hostile, avait entrepris de l'escalader pour le délivrer de ses entraves.

« Maintenant, cria Kendhil, dis-lui que je lui ordonne de faire comme bon lui semble, pourvu que cela ne nous nuise pas. »

Il rejoignit l'elfide en quelques bonds et la reprit dans ses bras. Après quoi, il appela Karlo qui cessa aussitôt de jouer à croque-Kazkares. Okorr, qui n'avait pas tout à fait assimilé les événements, regarda approcher son congénère. Soudain, il choisit de profiter de sa liberté retrouvée. Il battit furieusement des ailes et s'envola. Avec lui commença un carnage dont le souvenir entrerait dans l'histoire des clans comme la pire catastrophe depuis l'exil des Kazkares du plateau d'Hélion.

• 24 •
MÉZANDION

Karlo avait pris en charge sur son dos Kendhil et Errindha, le premier serrant la seconde devant lui dans ses bras. Il avait reçu la consigne de voler comme s'il transportait un panier d'œufs de dragon, car chaque soubresaut se traduisait pour la Sentinelle blessée par une douleur aiguë dans sa cheville foulée. Ils s'éloignaient ainsi tout en douceur d'une cité de Kiraz en proie au chaos. La dernière fois que Kendhil s'était retourné, il avait aperçu Okorr piquer tel un aigle sur un quartier pour le dévaster. Ailleurs, des maisons étaient en flammes et des immeubles à moitié effondrés. Une foule compacte se bousculait et se piétinait sous la porte de la ville, dans l'espoir sans doute illusoire d'échapper au carnage. Puis Kendhil avait renoncé à s'intéresser au sort de cette cité maudite, comme on cesse de regarder en arrière le théâtre d'une vie passée qu'on quitte à jamais. Une pensée s'imposa alors à sa conscience, tel un souriceau malin qui pointe à nouveau le bout de son nez après la tempête.

« Karlo, je peux te demander un service ? »

Méfiant, le dragon tourna légèrement la tête pour gronder une vague approbation.

« Prends la direction du plateau d'Hélion.

– Quoi ? Tu n'en as pas eu assez ! protesta Karlo.

– Voyons, mon frère, tu ne croyais tout de même pas qu'une simple péripétie allait me détourner de mon but ? »

Le dragon préféra ne pas répondre. Errindha en profita pour solliciter Kendhil :

« Après ce que j'ai fait, j'ai peut-être le droit de savoir pourquoi tu t'es lancé dans cette expédition.

– Oui, peut-être, admit l'elfon sans enthousiasme.

– Eh bien, dis-moi tout !

– Tout, ça va être vite fait... »

Effectivement, en quelques phrases, il avait révélé l'essentiel de sa quête et plongé son amie dans la plus grande perplexité.

« Ta recherche me paraît bien compromise avec si peu d'indices, conclut-elle à voix haute. Comment comptes-tu la poursuivre, si le plateau d'Hélion est interdit d'accès ?

– Comment ? répéta Kendhil décontenancé, car il n'avait pas encore réalisé que son problème restait entier. Je ne sais pas... »

Quelques secondes passèrent, puis soudain il sut :
« Karlo, demi-tour ! On retourne à Kiraz ! »

Après de rudes échanges, Karlo finit par virer sur l'aile droite et, accélérant l'allure, fila vers la ville que Okorr semblait vouloir réduire en miettes. Il choisit d'atterrir à quelques centaines de mètres de la muraille noire, semant un peu plus la panique parmi les fuyards kazkares qui se croyaient attaqués par l'autre monstre ailé.

« Vas-y, appelle-le ! » ordonna Kendhil.

Karlo poussa une suite de cris, dont la vibration profonde résonnait contre le rempart. Ils n'eurent cependant pas à attendre longtemps, car le formidable dragon d'Hélion surgit au-dessus du haut mur, faisant tourbillonner dans son sillage les fumées d'un incendie. Il s'y posa quelques instants, afin d'évaluer la situation puis, déployant les ailes, plana jusqu'à se poser tout près de son semblable. Errindha et Kendhil réprimèrent un frisson d'appréhension à la vision de cette bête féroce, écumant de rage, la tête et le corps maculés de sang et de suie mêlés, dont le halètement irrégulier donnait à penser qu'il avait perdu toute mesure. Impatient et perplexe, il gronda dans son langage :

« Que me voulez-vous ? »

Errindha était chargée de lui parler, mais l'émotion lui coupait la voix.

« Réponds-lui, Errindha, vite ! la pressa Kendhil.

– Il me terrorise.

– Karlo, explique-lui, toi. »

Le dragon s'exécuta. Les elfes assistèrent alors à une scène étonnante. On eût dit que les deux monstres se défiaient avant le combat, frappant le sol de leurs pattes, s'adressant de terribles imprécations à coups de rugissements, faisant claquer leurs mâchoires et agitant leur redoutable queue écailleuse. Puis, subitement, l'échange cessa et le dragon d'Hélion décolla. Karlo rapporta alors à ses amis :

« Okorr m'a expliqué que le Magicien Mézandion a effectivement vécu dans une caverne, non loin de la Marche, c'est-à-dire la frontière ouest du territoire d'Hélion. Il connaît notre histoire... »

Il tourna la tête pour considérer son alter ego.

« Avec une petite erreur que j'ai dû rectifier.

– Quelle erreur ?

– C'est toi qui m'as kidnappé, chenapan ! Et non le Magicien, ainsi que l'ont toujours cru mes frères d'Hélion.

– C'est vrai, et sache que je n'ai aucun regret ! affirma l'elfon. Est-ce que tu lui as demandé s'il savait où se trouvait cette grotte et si... enfin, s'il nous autorisait à y aller ? »

Karlo leva les yeux vers le ciel. Okorr y tournoyait déjà à une belle altitude. Il s'était trouvé un compagnon de vol inattendu, minuscule point noir virant à ses côtés. Errindha sourit ; Orso lui permettait de contempler de très près le dragon d'Hélion qui jubilait de sa liberté retrouvée. Il ne lui faisait désormais plus du tout peur.

« Il nous attend », déclara simplement Karlo.

C'est ainsi que, guidés par Okorr et sous un soleil de sang, les trois amis virent approcher le somptueux plateau d'Hélion. À la nuit tombante, ils piquèrent sur une vallée en auge, dont les flancs étaient tapissés d'une épaisse forêt noire. Ils survolèrent la plus haute cime rocheuse qui dominait le site et pour finir Okorr plongea pour raser la pente jusqu'à ce qu'il rencontre un large promontoire, sur lequel il se posa tout en souplesse. Karlo atterrit peu après à ses côtés. Les deux monstres se touchaient presque, ce qui rendait plus saisissante encore leur différence de taille. L'odeur puissante du dragon d'Hélion fit grimacer les elfes, tandis que leur monture semblait l'apprécier, comme un parfum familier qui rappelle de lointains souvenirs d'enfance.

« C'est là ? s'étonna Kendhil.

– Sans doute, puisqu'il nous y a amenés, répondit Karlo.

– Demande-lui des précisions, s'il te plaît.

– Inutile, je vois l'entrée ! » s'exclama Errindha.

Elle désignait de l'index un pli de roche à l'ombre duquel avait poussé un arbre singulier, singulier dans un environnement caillouteux où ne prospéraient que des ronciers et des arbustes rabougris. C'était un conifère en forme de flamme aux reflets violets, d'une dizaine de mètres de hauteur. Derrière, se dessinait l'entrée triangulaire d'une cavité ténébreuse.

« J'y vais, annonça Kendhil.

– Veux-tu que je t'accompagne ? demanda Errindha.

– Non, mais si je ne suis pas revenu dans un quart d'heure, viens voir ce qui se passe », répondit Kendhil, dont la voix trahissait une émotion difficilement contenue.

Il mit pied à terre, puis marcha jusqu'à l'arbre qui lui parut encore plus curieux vu de près. On eût dit un gardien silencieux, immobile sans être pétrifié. L'elfon caressa l'un de ses rameaux d'aiguilles, dont le soyeux le surprit. Le sylvestre gardien frissonna, à moins que ce ne fût la brise...

Évitant de se poser des questions auxquelles de toute façon il n'aurait su répondre, il contourna l'arbre et avança jusqu'au seuil de la grotte. Il s'aperçut alors avec étonnement qu'elle était close par une porte de bois brun ne comportant ni poignée ni serrure. Il plaqua sa paume sur le battant, ce qui provoqua son ouverture, bien qu'il n'eût exercé aucune pression. C'était magique ! Forcément, pour la demeure d'un Magicien, pensa-t-il. Il ferma un instant les yeux pour tenter de faire remonter des profondeurs de sa mémoire des souvenirs, ou au moins des impressions de son premier âge... En vain.

Il rouvrit les yeux et les écarquilla. Une lumière d'or illuminait à présent l'intérieur de la maison troglodyte. Éberlué, il franchit le seuil et pénétra dans une sorte d'antichambre, vide et au plafond en arc brisé. Les parois de pierre étaient recouvertes d'un enduit doré qui diffusait cette douce luminosité. L'elfe s'enhardit à traverser l'entrée, puis franchit une seconde porte qui s'ouvrit elle aussi d'un simple effleurement des doigts. Il pénétra dans une salle assez vaste, richement décorée et meublée. L'humidité et les années n'avaient eu aucune prise sur les lieux, comme s'ils avaient été hors du temps. La voûte était recouverte d'or et le sol de moelleux tapis aux motifs forestiers. Kendhil déambula parmi les sièges, les tables et les coffres qui semblaient appartenir à une autre civilisation. Ils étaient en bois laqué pour la plupart, avec des ferrures et des incrustations dorées. Le Magicien devait avoir un goût certain pour le luxe.

Il s'arrêta devant un guéridon curieusement placé en plein milieu de la pièce. Dessus était posé un coffret de bois noir, incrusté d'arabesques en cuivre. Intrigué, il tendit la main pour soulever le couvercle, mais un scrupule le retint. Relevant le regard, il repéra dans le fond, fixée à la paroi, une sculpture impressionnante. Il s'agissait d'une tête de dragon d'Hélion en bronze doré. On eût dit qu'elle surgissait du roc. Sa gueule béante était hérissée de crocs luisants. L'elfe s'en approcha et découvrit au-dessus de ce singulier trophée encastré dans la paroi à hauteur de son buste, une inscription gravée dans la pierre : *SI TU ES DE LA RACE DE CEUX QUI VEILLENT ET SI TU ES SÛR QUE C'EST TOI QUE J'ATTENDS, OFFRE TA MAIN EN SACRIFICE AU SEIGNEUR D'HÉLION*. Le décodage ne lui posa aucune difficulté. *Ceux qui veillent* étaient bien sûr les elfes Sentinelles. Celui *que j'attends* ne pouvait être que lui... enfin, il l'espérait. Quant au sacrifice, il suffisait de regarder l'expression féroce du seigneur d'Hélion pour comprendre ce qu'il fallait faire. Kendhil grimaça en considérant la gueule dans laquelle il lui était demandé d'enfoncer le bras. Pour retarder ce moment délicat, il refit un tour dans la pièce. N'y trouvant pas d'autre indice ou objet intéressant, il revint se placer devant la sculpture.

« Main droite ou main gauche ? » s'interrogea-t-il à voix haute.

Les yeux creux du dragon restaient obstinément obscurs.

« La gauche ! » décréta-t-il.

Et il l'enfonça dans la gueule qui se referma en un claquement sec. Kendhil retint un cri de surprise plus que de douleur. C'était un piège ! L'elfon se voyait déjà obligé de se sectionner le bras pour retrouver sa liberté.

« Mézandion ! appela-t-il. Mézandion, je vous en prie, lâchez-moi !

– Ainsi tu es venu, Kendhil, de la lignée des Findhit ! »

ÉPILOGUE

L'elfe se tourna pour voir qui venait de parler dans son dos d'une voix masculine et chaude. C'était un homme un peu plus grand que lui, revêtu de la tenue conventionnelle des membres de la confrérie des Magiciens : une chasuble droite rectangulaire de couleur rouge, passementée de noir, une tunique carmin en soie de Koriante (un fauve, dont la fourrure était utilisée pour confectionner un tissu précieux aux fabuleux reflets moirés) et un pantalon de toile fine, sans doute de la sibur qu'on disait indestructible, même au feu. Contrairement à l'image que Kendhil s'en était fait, cet homme réputé pour sa grande sagesse ne portait pas la barbe. Il paraissait même imberbe. Son crâne, rasé ou chauve, luisait légèrement sous la lumière dorée. Celle-ci lui nimbait tout le corps d'une aura qui lui donnait une apparence éthérée. Pourtant, il semblait aussi réel que les meubles qui l'entouraient, tel le guéridon derrière lequel il se tenait.

« Vous êtes Mézandion, enfin, je veux dire... C'est vous, vraiment ? Pardonnez-moi, je m'embrouille. »

Il soutint le regard bleu du Magicien, dans lequel il ne lisait pour l'heure qu'une banale neutralité bienveillante. L'homme esquissa un sourire, puis déclara :

« Il est inutile de me poser des questions. Je ne les entends pas. Ce que tu vois est une illusion, produite par un appareil qu'on appelle un oxylogramme. »

Mézandion désigna de l'index au-dessus de lui une minuscule demi-sphère noire collée à la paroi de la voûte. Il lui en montra deux autres fixées plus bas, à des points opposés.

« Il est probable qu'en ce jour où tu me vois en apparence si vivant, je n'appartiens plus à cette réalité. J'espère être toujours Magicien en quelque contrée de l'au-delà, à moins que je ne sois un spectre errant, en proie aux tourments... » Il ferma les yeux quelques secondes, puis reprit d'une voix encore plus envoûtante : « J'ai enregistré cet oxylogramme à ton intention, pour le cas où tu déciderais de partir en quête de tes origines et serais parvenu à retrouver la maison de ta prime enfance. À la vérité, j'ai toujours eu la conviction que c'était inscrit dans ta personnalité. Note que je n'ai pas dit dans ton destin puisque, comme tu le sais, nul n'est astreint à suivre une voie qu'il ne trace pas lui-même. Ce que j'ai à te dire est très simple et impératif : ta quête doit prendre fin ici !

– Ici ? Mais pourquoi ?

– Parce qu'elle sera un chemin de peine toujours plus dangereux et épuisant à mesure que tu progresseras, pour au final ne déboucher que sur une grande déception et sans doute la mort. Si je t'ai amené sur le plateau d'Hélion alors que tu n'étais qu'un poupon, espérant naïvement que je pourrais t'y protéger jusqu'à l'âge de raison où tu aurais pris ta destinée en main, c'était pour que jamais ne te soit révélé ton secret. Renonce, Kendhil ! Ce sera mon seul conseil. Et, qui sait, peut-être au soir de ton existence pourrons-nous converser et donner un nom à ce mystère. Si ce jour devait venir, un objet t'aiderait à établir le contact entre nous. Tu le trouveras dans ce petit coffre à bijoux. (Mézandion désigna le guéridon sur lequel était posée la boîte de bois laqué, finement ouvragée). J'y ai enfermé une parcelle de mon âme. S'il te plaît, fais en sorte qu'il ne tombe jamais en d'autres mains, ou alors brise-le. »

Le visage sans âge du Magicien se figea en une expression où transparaissait malgré lui un profond désarroi, à moins que ce fût du remords. Kendhil était si troublé qu'il ne se rendit pas immédiatement compte que la gueule du dragon avait relâché sa main. Il remonta sa manche pour examiner son avant-bras. Il ne portait aucune trace de piqûre. Il ferma le poing, releva les yeux. L'image de Mézandion avait disparu.

Il s'approcha du guéridon et souleva le couvercle du

coffret de bois noir. Sur un velours pourpre reposaient une chaîne et son pendentif : une larme de cristal dans un filet argenté, rayonnant d'un subtil éclat bleu.

Assise sur le dos de Karlo, Errindha massait sa cheville douloureuse lorsque Kendhil réapparut. Tout de suite, elle comprit à sa figure qu'il revenait affreusement déçu. Le dragon le ressentit pareillement, mais ne put s'empêcher de questionner son intrépide compagnon pour savoir s'il avait enfin obtenu les réponses qu'il espérait.

« Alors, le résultat ? »

Kendhil leva le nez pour le considérer, puis contempler le ciel nocturne où scintillait une myriade d'étoiles.

« Okorr est parti ? demanda-t-il.

– Oui, en nous recommandant de ne pas nous attarder, répondit Karlo. Bon, est-ce qu'on peut enfin savoir ce que tu as appris là-dedans ?

– J'ai reçu un message simple et fort : je dois renoncer.

– Ah ? C'est tout ?

– Oui. »

Il se fit un silence qu'Errindha rompit en demandant, sans dissimuler son inquiétude :

« Tu vas le faire ?

– Oui », répondit Kendhil dont le laconisme ne faisait que traduire son état d'esprit.

Il n'avait rien appris et n'apprendrait rien sur un secret qui à l'évidence mettait en péril bien davantage que sa vie. Il rejoignit Errindha sur le dos de Karlo. Mélancolique, il prit avec délicatesse entre ses mains le pied dénudé de sa jeune amie, puis s'enquit :

« Tu souffres toujours autant ? »

L'elfide afficha une expression de stupéfaction.

« Kendhil… articula-t-elle.

– Qu'est-ce qui t'arrive ?

– Je ne ressens plus rien. Je veux dire, je n'ai plus mal du tout ! La douleur a disparu à l'instant même où tu as posé tes doigts sur ma cheville. »

Kendhil resta quelques instants interdit, puis il porta la main à son cou. Il y avait suspendu, sous sa tunique à même la peau, le pendentif que Mézandion lui avait offert. C'était une simple larme de cristal bleu azur dans un filet d'argent.

« C'est bon, tout le monde est prêt ? On peut décoller ? s'impatienta Karlo.

– C'est bon, confirma Kendhil. On rentre à la maison ! »

Le dragon en fut si heureux qu'il faillit perdre ses passagers au décollage. Et l'on entendit passer dans le ciel un drôle de volatile qui hurlait de rire à trois voix…

FIN…

TABLE

Prologue 4

1. Le besoin de savoir 9
2. Peu de chose qui vaut beaucoup 16
3. Le comté des Oubliés 25
4. Attaque surprise 35
5. La chose qui parle 40
6. L'enthousiasme est de retour 50
7. Karlo retrouve les siens 58
8. Un forgeron pour sauver Karlo 69
9. Le peuple kazkare 78
10. Ce qu'il ne fallait pas voir 87
11. L'ironie mordante de Karlo 94
12. Le cousin Shangsa 101
13. En vue de la cité de Kiraz 108
14. La cité de Kiraz 117
15. L'animal de compagnie de Karlo 124
16. Une elfe à Kiraz 134
17. La caverne de l'épouvante 141
18. En attendant le Jugement 150
19. Errindha sème le chaos 158
20. L'approche du Jugement 164
21. Les premiers Jugements 171
22. Le Jugement des dragons 178
23. Le sort d'Okorr 186
24. Mézandion 193

Épilogue 202

RÉALISATION : NORD COMPO À VILLENEUVE-D'ASCQ
DÉPÔT LÉGAL : MAI 2009
ACHEVÉ D'IMPRIMER EN MARS 2009
SUR LES PRESSES DE RODESA EN ESPAGNE